PEOPLE FROM IB★Z★

UNA NOVELA DE

JOSE CORBACHO & JUAN CRUZ

PLAZA JANÉS

Segunda edición: marzo, 2015

© 2015, Jose Corbacho y Juan Cruz
© 2015, Penguin Random House Grupo Editorial, S. A. U.
Travessera de Gràcia, 47-49. 08021 Barcelona

Printed in Spain – Impreso en España

ISBN: 978-84-01-34358-2
Depósito legal: B-431-2015

Compuesto en Fotocomposición 2000
Impreso en EGEDSA
Sabadell (Barcelona)

L 3 4 3 5 8 2

Penguin
Random House
Grupo Editorial

A Mónica...
Y a la isla que nos unió para siempre

JOSE

A mi padre,
por conducirme hasta los libros
con las ventanas abiertas

JUAN

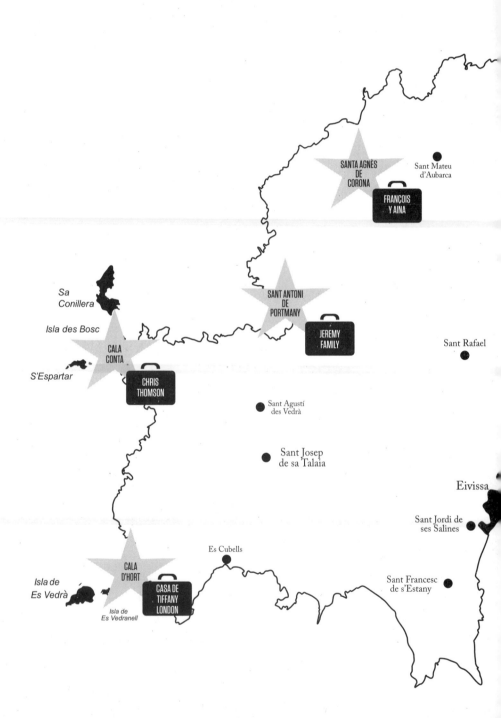

SANTA AGNÈS
DE
CORONA

Sant Mateu
d'Aubarca

FRANÇOIS
Y AINA

SANT ANTONI
DE
PORTMANY

Sant Rafael

JEREMY
FAMILY

Sa
Conillera

Isla des Bosc

CALA
CONTA

S'Espartar

CHRIS
THOMSON

Sant Agustí
des Vedrà

Sant Josep
de sa Talaia

Eivissa

Sant Jordi de
ses Salines

Es Cubells

CALA
D'HORT

Isla de
Es Vedrà

CASA DE
TIFFANY
LONDON

Sant Francesc
de s'Estany

Isla de
Es Vedranell

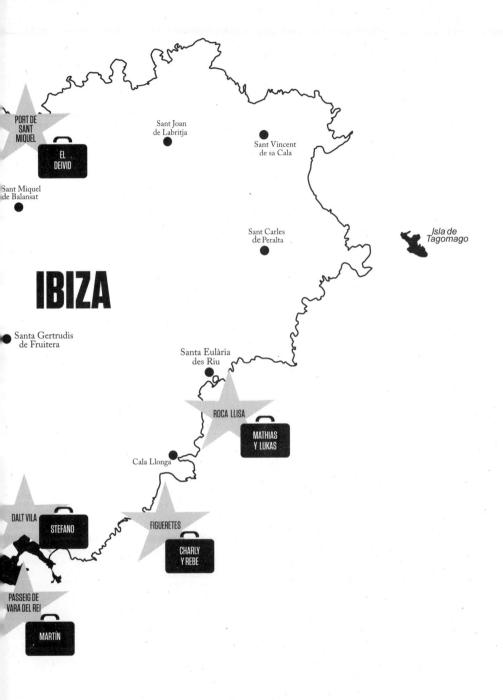

PORT DE
SANT
MIQUEL

EL
DEIVID

Sant Joan
de Labritja

Sant Vincent
de sa Cala

Sant Miquel
de Balansat

Sant Carles
de Peralta

*Isla de
Tagomago*

IBIZA

Santa Gertrudis
de Fruitera

Santa Eulària
des Riu

ROCA LLISA

MATHIAS
Y LUKAS

Cala Llonga

DALT VILA

STEFANO

FIGUERETES

CHARLY
Y REBE

PASSEIG DE
VARA DEL REI

MARTÍN

Nueva York
Chris Thomson

Todos los días pienso en el asesinato de John Lennon. Justo ahí abajo. Imagine one day somebody kill you. *Pam, pam, pam, pam, pam. Cinco balas de punta hueca. Y aun así, a pesar de ese recuerdo constante, no podría vivir en otro lugar que no fuera esta esquina de la calle Setenta y dos con Central Park.*

Seguro que Lennon también fantaseó en muchas ocasiones con convertirse en otra persona. Para mí es un pensamiento recurrente: dejar mi trabajo, dedicarme a otra cosa totalmente diferente; nada que ver con la música, los conciertos, las giras ni con el show business. *Pero no debo de ser el único. Pienso en eso cada vez que tengo unos días de descanso. Las vacaciones son como el ensayo de una nueva vida. Poner a prueba durante unos días o unas semanas otro yo. Una nueva personalidad. Vestir de forma diferente… Pensar de otra manera. Vivir intensamente. Una nueva vida en la que el deseo se convierte en un fantástico motor. Claro que a veces esas vacaciones también son un espacio en el que actuamos de otra forma; es la única oportunidad que nos queda.*

Y en otras ocasiones, un caluroso verano, por ejemplo, nos sirve de refugio para superar, aunque sea sudando, la desesperación de tener una vida que no nos gusta. O, a lo mejor, la realidad es que el verano es la única época en la que nos mostramos como realmente somos. Y el resto del año nos gustaría hacerlo, pero no nos atrevemos.

Porque, poco o mucho, siempre hay algo que no nos gusta de la vida que tenemos.

¿Y a ti? ¿Te gusta tu vida?

Chris Thomson observa la imagen que le devuelve el inmenso espejo de su apartamento de Manhattan. Aunque para ser exactos, deberíamos decir su apartamento del Upper East Side. Porque Manhattan es muy grande y hay zonas en las que la gente duerme en la calle y otras, como ésta, en las que los elegantes y uniformados porteros de los exclusivos edificios abren la puerta a las señoras de las familias ricas de la ciudad, a ancianos empresarios que acumulan fortunas, a brókeres nuevos ricos de Wall Street... Y también a artistas, que forman parte de la élite y que prefieren vivir como la gente bien en vez de parecerse a esos bohemios que viven en un loft del Meatpacking o en cualquier zona industrial en la que los especuladores inmobiliarios ponen sus ojos a partir del mismo día que pintores, escultores, actores y cantantes trasladan sus bártulos al que será el nuevo barrio de moda.

A Chris Thomson nunca le gustó el Meatpacking. Ni el Soho. Ni esa parte de Brooklyn que ahora llaman Dumbo. Para vivir como una *pop star*, pues eso es lo que es mister Thomson, ya están las giras, los camerinos, los autocares, los *backstage* y los hoteles, por muy cinco estrellas que sean.

Él prefiere este apartamento con vistas a Central Park, y

además situado en la planta 24 del edificio Dakota. Sí, el Dakota, el lugar donde un fanático acabó con la vida del mejor de los cuatro Beatles.

—… Fanático —murmura Chris mientras se sorprende a sí mismo pensando que esa palabra es la suma de «fan» y de «ático».

Un ático, el suyo, que recuerda en su forma señorial al piso de Tom Cruise y Nicole Kidman en *Eyes Wide Shut*, pero con una decoración obviamente diferente: paredes de colores, sofás y sillones con algo de *print animal* mezclados con estancias diáfanas, como la que alberga el piano en el que crea y compone la mayoría de sus canciones.

Chris mira por la ventana, pero no ve nada. Es una de esas miradas perdidas que se quedan a medio camino de algo, suspendidas en el aire. Y así se mantiene hasta que sus ojos reparan en una pantalla gigante instalada justo al pie de la placa que recuerda dónde cayó herido de muerte el autor de *Imagine*. Pero él no piensa en el magnicidio. Lo tiene superado. Piensa en otra cosa: «Cada vez hacen esas jodidas pantallas callejeras más grandes. Ésa debe de ser como la pista central del US Open de tenis».

Una pantalla en la que aparece su imagen agasajada por sus admiradores. Él posando con ellos, firmándoles autógrafos. Él sobre el escenario de un estadio, con su banda Hotline, interpretando uno de sus temas en directo, y miles de fans coreando sus canciones con esa alegría constreñida de los abducidos por su ídolo.

Un ídolo que contempla ese *loop* de imágenes con una sonrisa cálida, enfundado en un oscuro traje de corte *beat*, y que ahora se dirige por el ancho y largo pasillo hasta otra de las habitaciones, donde le aguarda Josh, su peluquero.

Chris se deja caer en el sillón que hay en el centro de la

estancia y se entrega a él con docilidad y cierta expectación. El peluquero le mesa su cabellera aparentemente descuidada, como tomándole la medida. Empieza a cortar, y los mechones caen al suelo como plumas de cisne negro. Hace tiempo que Josh conoce a Chris y aun así siempre que le ha afeitado o cortado el pelo no ha podido dejar de pensar qué pasaría si le cortara el cuello con la afilada navaja de afeitar. Probablemente tendría algo más que los quince minutos de gloria televisiva que a todos nos tocan por estadística.

—... Fanático —murmura Chris mientras cierra los ojos.

Al abrirlos, sin ser muy consciente del tiempo transcurrido, Chris descubre su nueva imagen reflejada en otro enorme espejo. Ahora tiene el cabello rubio platino y, gracias a unas lentillas, su mirada ha pasado a ser aceitunada. Algo perfecto, pues su condición de heterocrómico, con un ojo de cada color, hace que sea más reconocible aún si cabe. Recuerda aquella portada de 1999 cuando la revista *Rolling Stone* comentó de él: «El husky del rock and roll incendia el Madison Square Garden». ¡Joder! A David Bowie, otro mítico heterocrómico aunque en su caso fuera por accidente, nunca le dijeron algo así. Menuda panda de cabrones son esos periodistas.

Chris hace una solemne reverencia para dar la bienvenida a su otro yo. Reverencia acompañada por una amplia sonrisa, porque esa nueva apariencia es el pasaporte que le franqueará la calle, el mundo, otra vida —parecida a la que un día tuvo—, sin ser reconocido. Sin fotos. Sin autógrafos. Desprovisto de la fama para mezclarse sin llamar la atención con el resto del mundo.

Para ser un cualquiera, qué cojones.

Con la determinación que le confiere su nuevo aspecto, sale del Dakota en chanclas, pantalones cortos y con una camiseta de algodón con unas cuantas lavadoras de más. Se queda inmóvil en la acera comprobando que esa nueva piel funciona a la perfección. La gente lo esquiva sin más, como si fuera una farola mal colocada. Claro, esto es Nueva York, y es normal que la gente pase de ti aunque estés rociándote con gasolina, dispuesto a quemarte a lo bonzo. Si quieres prenderte fuego, hazlo, pero no le vayas a joder a nadie sus putas Nike nuevas.

Chris ve a una joven que le mira con una cierta sorpresa. Algo falla, piensa «el husky del rock and roll». Pero el siguiente gesto de la chica, apretando el bolso contra su pecho, y cierto temor en su mirada, hace que Chris ya no tenga ninguna duda: es libre.

Y con esa libertad, levanta su mano. Para un taxi y entra.

—Al aeropuerto, por favor.

El conductor le devuelve un «Yes, sir» con acento de algún lugar de la India. Y el taxi amarillo se convierte en uno más de la Octava Avenida mientras mister Thomson acaricia su único equipaje: una pequeña maleta de mano.

Hospitalet de Llobregat
Charly

Joder, cuánta puta maleta... ¿De verdad la gente necesita tantas cosas para viajar? Y todavía falta una jodida hora para que se acabe esta mierda. Aunque no sé qué es peor, si seguir aquí en el curro un rato más o llegar a casa y que la Rebe me líe con la movida de los críos o cualquier otra historia que se saque de la manga para no dejarme ni cinco minutos de relax. O, peor aún, que quiera que me ponga a hacer el equipaje. Como si no hubiera suficientes maletas en mi vida. Lo que necesito es tirarme en el sofá y beber una birra. Pero no, ya verás como no. Qué ascoputo todo.

Maletas. Maletas. Y más maletas. De todos los colores, tamaños y aspectos. Maletas que se mueven de forma rítmica en un laberinto de cintas. Cintas y más cintas. Cintas que parecen los intestinos de un gigantesco animal mecánico, aunque sólo sean bandas que transportan de un lugar a otro maletas llenas de ropa, ropa de marca, ropa barata, ropa de segunda mano, souvenirs, botellas de whisky, enseres de baño, consoladores, catálogos de grifería, botellas de ginebra, embutido envasado al vacío, libros, más souvenirs, dinero, botellas de vodka, drogas...

Unos intestinos que se encuentran a bastantes metros por debajo de las zonas nobles del aeropuerto. Esas zonas de grandes cristaleras por donde entra luz natural y el suelo reluce como una pista de patinaje; tanto reluce que dicen que se reflejan las bragas de las viajeras que van por ahí en falda corta. Zonas donde hay tiendas de ropa que anuncian que «La vida es chula» y te cobran ciento cincuenta euros por una camisa que parece que haya pintado un niño de tres años. Con todos los respetos a los niños de tres años.

Y junto a esas tiendas «chulas», bares con bocadillos de jamón serrano —que no ibérico— a 7 euros. Con cafés a 6. Con agua mineral a 4,75. Pero, claro, si quieres precios populares, entonces viaja en autobús, no en avión. Y no lo hagas desde el aeropuerto de la ciudad de moda: Barcelona. Más de diez millones de turistas en el último año, y seguimos subiendo. Subiendo hasta que La Rambla y la Sagrada Familia revienten como una piñata por la presión demográfica de sus visitantes.

Decenas, cientos, miles de maletas como las que Charly, ese joven de veintisiete años, mueve cada día. Hoy lo hace junto a Fer, su compañero de turno. Otro chaval de su edad y más o menos con el mismo futuro de mierda.

—Bangkok acabado. Me piro. —Charly empieza a quitarse la faja protectora lumbar.

—Por fin vacatas, ¿eh? —pregunta Fer mientras sigue trajinando bultos.

—Sí, nene. Este año las necesito más que nunca.

Charly sonríe con cierta picardía. Los chavales chocan sus manos como si jugaran en la NBA.

—Tendrías que meterte en una maleta de ésas y pirarte a Bangkok, *nen*. A follar y a vivir —le sugiere en coña Fer.

—No me importaría. —Durante un segundo Charly fantasea con esa posibilidad, pero él sabe cuál va a ser su destino en los próximos días, más allá del ámbito geográfico. Y ese segundo de placer desaparece—. Bueno, tronco, nos vemos a la vuelta.

Charly le guiña el ojo a Fer y sale pitando. El aparcamiento de empleados del aeropuerto está casi vacío. Entre los pocos coches, el Seat León de Charly, el modelo de los que quieren escapar de su destino a base de darle brillo a las llantas y gas al motor en carreteras de polígono. Abre la puerta, se quita de mala gana la camisa y la cazadora del uniforme de «maletero», observa sus abdominales en una de las ventanillas y se pone una camiseta con el logo de la discoteca Amnesia de Ibiza.

Su nuevo hábito le da fuerzas para hacer una peineta con su mano derecha al edificio del aeropuerto. El tigre entra en su León y conecta el CD, porque además de brillo y gas, a la vida también le faltan vatios. *Summer* de Calvin Harris suena a toda pastilla, y el coche arranca de forma brusca quemando goma de neumático.

When I met you in the summer
To my heartbeat sound
We fell in love
*As the leaves turned brown.**

* Cuando te conocí en verano, / al ritmo del latido de mi corazón, / nos enamoramos, / mientras las hojas de los árboles se volvían marrones.

Diez minutos después, el León se detiene a la altura del edificio donde vive Angie, la madre de Rebe. Angie no hace honor a la imagen de suegra tradicional. Atractiva gracias a una genética favorable, sus ojos azules, sus pómulos marcados, sus curvas rotundas y sus cuarenta y cinco verbenas esperan al yerno con una maleta en la acera.

—Espero que no estés pensando en que tu suegra te haga de canguro estas vacaciones —le suelta a bocajarro mientras sube al coche.

—Vaya tela. ¿Tienes fuego? —Un cigarrillo espera en los labios de Charly a que lo prendan.

Ella saca un mechero y se lo enciende.

—Mi hija me dijo que lo habías dejado.

—Un poquito… Sólo fumo cuando ella no está.

El chaval le guiña un ojo y arranca el coche. De nuevo ruge el León y chirrían las ruedas. Esta vez la marca de los neumáticos, vista desde un avión, podría parecer también una peineta.

Pista de despegue 13L-31R del aeropuerto JFK

¿A quién se le ocurrió por primera vez poner el nombre de un líder político a un aeropuerto? Hubiera sido mejor utilizar nombres de personajes de ficción. Sería divertido despegar en el aeropuerto Spiderman de Nueva York y aterrizar en el Astérix de París. Pero no, nos tenemos que poner serios hasta para volar. Charles de Gaulle, Simón Bolívar, Mustafá Ata-türk, John Fitzgerald Kennedy... Pobre JFK. Pam, pam, pam. Dos disparos menos que Lennon, pero con idéntico re-sultado. Qué manía tiene la gente en este país de coger un arma y liarse a tiros. Debe de ser difícil olvidar que muchos tuvieron bisabuelos en el Far West que se paseaban todo el día con la pistola a mano. El mío, Henry Thomson, era gran-jero, y no creo que necesitara más que un viejo fusil para ahuyentar a algún coyote o a algún indio despistado. Lo que no me queda claro es quiénes son los indios hoy y quiénes los vaqueros.

Liverpool
Jeremy

John, Paul, George y Ringo. Me juego la polla a que en esta ciudad jamás se volverá a dar una casualidad como ésa. El Liverpool de hoy está más cerca de Stuart Sutcliffe, el quinto Beatle, que murió como consecuencia de una hemorragia cerebral fruto de una pelea años antes. Es más probable que el resto de sus paisanos fallezcamos por la ingesta masiva de alcohol. Aunque, pensándolo bien, también se reparten buenas hostias en nuestras calles. No descarto esta vía. All you need... alcohol. *Paparapapá...*

La ratio profesor-alumno en The City of Liverpool College no es muy elevada, pero, siguiendo con la estadística, a Jeremy, profesor de secundaria, no se le escapa que la gran mayoría de sus alumnos tienen problemas con el alcohol y las drogas. Lo sabe porque, aunque no es un asiduo de los garitos que hay en los alrededores de Concert Street, en esa zona se ha cruzado con casi todos sus estudiantes, que además los lunes acaban siendo incómodamente indiscretos cuando se evidencia, ya no en sus caras sino en la forma de sentarse o estar, una abstracta psicomotricidad.

Si separamos a los alumnos por sexos, buena parte de los chicos se van cada fin de semana calientes a dormir; vamos, con alguna hostia encima. La bulla parece su único objetivo y no requiere de un gran esfuerzo: un cruce de miradas con un gesto equivocado es más que suficiente. En cuanto a las chicas, en ese mismo período de tiempo, y concretamente el segmento de jóvenes con un evidente sobrepeso, acabarán la noche llorando mientras mantienen una desatada conversación a través del móvil e intentan no terminar en el suelo como consecuencia de la monumental borrachera y de unos tacones que entran en conflicto directo con las calles adoquinadas de ese rincón de la ciudad y contra la mismísima ley de la gravedad.

En esta salsa se cocina la desgana de Jeremy semana tras semana. Y aunque no ha agotado sus fuerzas durante las más de dos décadas que lleva dedicándose a la docencia, hoy, como nunca antes lo había deseado, está esperando que suene de una vez el timbre para perder de vista durante el verano a esta pandilla de perdedores que no hacen más que recordarle que él también lo es.

Suena el timbre.

—Y esto es todo por hoy. Feliz verano —concluye Jeremy.

En esta ocasión, los alumnos no abandonan el aula arrastrando los pies como de costumbre. En realidad, decir que abandonan es demasiado vago. Se esfuman.

Bajo esa fina lluvia tan puñeteramente británica, camina Jeremy en dirección a su casa mientras piensa que podría saltarse ese paso e ir directo al pub; hoy es día de celebración, pero no puede llegar antes de hora, porque queda feo adelantarse en los tragos. Además tiene la garganta jodidamente seca como para contenerse hasta que lleguen los compañeros. Así que lo mejor será pasar por casa primero y deshacerse del maletín al que ha estado encadenado durante todo el curso. Jeremy reflexiona sobre este hecho e intenta dar un repaso a todas aquellas cosas a las que tal vez esté, bien por necesidad, bien por voluntad, atado. Pero ese momento se esfuma en décimas de segundo. Descartado. No es el momento de hacer listas. Qué jodida manía hay en este país con las listas. Para eso ya está Nick Hornby. Aunque ahora mismo Jeremy podría hacer una enumeración con las diez cosas que se encuentra —sí o sí— cada día al realizar el recorrido que va del *college* a su casa.

1. Botellas y latas en el suelo.
2. Restos de comida rápida también en el suelo.
3. Obesas que ingieren todo lo anterior y que llevan un vestido que escasamente cubre su cuerpo, ya sea verano o invierno.
4. Un tipo con cara de mala hostia repartiendo *flyers*.
5. Apestosos contenedores en la acera, que tienes que ir esquivando.
6. La cara de Paul McCartney en el lugar más inesperado —es el Beatle que peor le cae a Jeremy y el que siempre se cruza en su visual.
7. La «e» de Pekín que cuelga desde hace años del rótulo del restaurante Chow's House, del que…
8. … sale un sujeto que, tras haber leído la carta, vomita justo en la puerta, y con absoluta indiferencia, la cerveza que ha bebido, para así dejar un hueco en su estómago para la cena.
9. Dos fulanos uniformados de negro y con talla 2XL que en algún momento de la noche le tocarán la cresta al tipo

que acaba de vomitar por llamar «gordas» a las obesas de escasa vestimenta que trabajan para el mismo local donde ellos son seguratas, y en el que contratan a tipos avinagrados para repartir *flyers*.

10. Los gritos que Jeremy oye desde la calle donde vive y que profieren Debbie y Amy, su mujer e hija, respectivamente.

Fin de la lista.

Jeremy, arqueando las cejas, abre la verja del pequeño patio que hay en la entrada de su casa, la típica construcción de los años cincuenta, de viviendas adosadas de obra vista.

—¡No entiendo por qué no puedo quedarme! —Escucha nítidamente Jeremy decir a su hija Amy.

—¡Es fácil, eres menor de edad! —le contesta en el mismo tono Debbie.

—¡Sé cuidar de mí misma!

—No lo tengo tan claro.

En el recibidor, Jeremy saluda pero nadie contesta. Lo típico.

—¡Estoy harta de ir de vacaciones todos los años de mi vida con vuestros amigotes! ¡Yo quiero pasarlas con mis amigos!

—¡Tú harás lo que nosotros digamos! ¡Y punto!

—¡Joder! ¡Joder!¡Y joder!

No hay duda de que la pequeña Amy sabe cómo rematar una conversación. Mientras tanto Jeremy, sin perder la compostura, deja su maletín y otros efectos personales sobre el mueble del recibidor. Luego va a la habitación, se quita la chaqueta, la corbata y la camisa; se pone una camiseta del Liverpool FC, con el número 8 y el nombre de Gerrard en la espalda. Regresa al vestíbulo, se mira en el espejo y se retoca el flequillo.

—Me voy al pub, hoy es el cumpleaños de Henry —informa Jeremy sin demasiado éxito de audiencia.

Se marcha y vuelve a pasar por los diez puntos de su recorrido.

El Ye Hole in Ye Wall —que significa algo así como «el agujero en la pared»— es uno de esos pintorescos *oldest* pub que hay diseminados por la geografía inglesa. Abrió sus puertas en 1726 —coincidiendo con el auge marítimo de Liverpool— muy cerca del estuario que se forma entre el río Mersey y el mar de Irlanda. La madera, el cuero y una chimenea con el tiro forrado con cobre marcan la personalidad de este establecimiento, pero quizá el aspecto más llamativo del local sea que se erigió sobre un antiguo cementerio cuáquero. Una singularidad que alimenta la tradición tan británica de explicar historias sobre fantasmas y almas en pena. Y qué mejor forma de ahogar las penas que unas buenas pintas de cerveza para llenar, de entrada, el agujero en el estómago. Pintas como las que ahora rodean la foto de Henry y la urna, engalanada con una bufanda del Liverpool FC, que contiene sus cenizas.

Alrededor del improvisado altar, Jeremy y sus amigos, todos de la misma quinta: Stuart, Liam y Burns. Con las cervezas en la mano, brindan por el que hubiera sido el cuarenta y cinco cumpleaños de Henry si siguiera vivo.

—¡Por Henry! —dice Jeremy abriendo el turno de brindis.

—¡Por Henry! —responden enérgicos los otros tres.

—¡Y por la puta final de Heysel! —añade Stuart.

Henry, el presente en papel fotográfico, murió en el estadio de Heysel, antes de que empezara el partido entre el Liverpool y la Juventus, a causa de la avalancha humana que se generó. Fue el único británico de los treinta y nueve aficionados de diversas nacionalidades que allí perdieron la vida.

—¡Ya verás, Henry, que este verano lo vamos a pasar en grande! —le explica Burns a la foto.

—¡Así es! —remata Liam.

—¡Brindemos por eso! —exclama Stuart.

—¡Venga, por el verano! —secunda Jeremy.

Todos beben. Justo después de ese primer trago se crea un microscópico silencio que aprovecha Burns para entonar el primer verso de *You'll Never Walk Alone*, canción compuesta para el musical *Carousel* y que fue, tras la versión de Gerry & The Pacemakers, adoptada por los seguidores del Liverpool, hasta convertirse en el himno del club.

When you walk through a storm,
Hold your head up high,
And don't be afraid of the dark;
At the end of the storm there is a golden sky
*And the sweet silver song of the lark.**

El resto de los compañeros se va sumando poco a poco. Y así se queda el grupo: cantando conmovidos mientras alzan sus jarras en un ritual que intenta invocar al ausente en aquel camposanto convertido en taberna. Fuera está oscuro y continúa lloviendo.

Ahora «el agujero de la pared» está en sus corazones.

---

* Cuando camines bajo la tormenta, / mantén la cabeza alta / y no temas por la oscuridad; / al final de la tormenta encontrarás la luz del sol / y la dulce y plateada canción de una alondra.

25.000 pies por encima de Terranova

«El grado de inclinación de tus piernas cuando vuelas es inversamente proporcional a tu felicidad. Cuanto más las estiras, más feliz eres.» Tom siempre me repetía lo mismo cuando subíamos a un avión en las giras. Ojalá sólo hubiera asociado la felicidad a eso, y a tocar la batería, en vez de a otras cosas, como la heroína. ¡Joder, Tom! Mira que hay cosas para meterse y elegiste la aguja. ¡Qué putada, colega! La verdad es que ese tipo que está ahí delante me recuerda a él. Debe de tener la edad que tendría Tom ahora. Dos años más que yo. Igual es él. Quizá nos tomó el pelo y puso a un doble suyo en aquella habitación del mítico hotel Chelsea de Nueva York. Ibas de duro, pero siempre fuiste un mitómano, compañero. El hotel Chelsea. ¡Ja, qué cabrón!

Roma
Stefano

Tentación y castigo. Alrededor de estos dos conceptos se ha desarrollado gran parte de mi vida. Fui un niño gordo, ansioso, voraz, que pedía a gritos ser castigado para apaciguar a la bestia que se desataba en mí.

Como aquella mañana de domingo, cuando tenía diez años, y mi madre horneaba el panettone *que solía servir de postre. Ese día no los acompañé a misa, simulé que estaba enfermo. Toda esa pantomima tenía un fin, que era más poderoso que yo.*

Ni siquiera esperé a que se enfriara, me lo comí entero y, cuando mis padres volvieron de misa, lo vomité, a modo de recibimiento, en sus pies.

No pude sentarme durante dos días por los azotes que me propinó mi padre con su cinturón, pero ese lacerante dolor me reconfortaba porque era lo más cercano que él podría estar nunca de lo que jamás hizo: darme un abrazo.

De tanto en tanto, rezo por aquel malnacido. Y digo «malnacido» sin atisbo de culpa. Puede que ésta sea mi única certeza.

Stefano sale de la tienda de Annibale Gammarelli, famosa porque desde 1798 confecciona el primer traje que usa el Papa, el que se pone justo después del cónclave para salir al balcón de la piazza San Pietro y saludar a los fieles. Camina inquieto por las calles de Roma, casi avergonzado de haber dejado sobre el mostrador un par de calcetines rojos de hilo de Escocia, los mismos que suelen utilizar los cardenales. Intenta buscar alguna razón que le haya empujado a él, un sacerdote recién ordenado, a entrar en ese establecimiento que tan lejos queda de su rango.

Para evitar cruzar la mirada con cualquier transeúnte, Stefano fija los ojos en la espiga de adoquines de la via Santa Chiara. Sólo levanta la mirada cuando constata por el inconfundible olor a café que ya se encuentra en la piazza di Sant'Eustachio. Antes de llegar a su destino decide hacer una parada en el Caffé Sant'Eustachio, donde, según dicen, se puede saborear el mejor café del mundo. Los dueños del local tuestan los granos a la leña sin dejar que trascienda el resto del proceso.

Sentado en la terraza, Stefano deja la cucharilla en suspenso cuando pasa por delante de él una imponente caravana de coches de alta gama con cristales tintados y vehículos de la policía en un extremo y otro de la comitiva. En ese trance, el café se le enfría y la cabeza se le calienta. Sin duda en esa procesión de alta cilindrada viaja Il Cavaliere, que tiene su residencia en el Palazzo Grazioli, no muy lejos de allí. Sin querer, Stefano se proyecta por un momento en una de esas fiestas que se llevan a cabo en el Palazzo y de las que tanto se habla; en las que la comida ya es de por sí pura obscenidad, tanto por la cantidad como por la variedad; donde el alcohol es lo más suave que puede estimular los sentidos; donde la gente va vestida —la que va vestida— con ropa tan astronómicamente cara que convierte los calcetines de un cardenal en una baratija de mercadillo; donde esa misma gente baila posesa como en *La gran belleza* de Sorrentino; donde tipos que visten de oscuro y no se quitan las gafas de sol, aunque esté bien entrada la madrugada, parecen no fijarse en nada pero están atentos a todo, mientras en la piscina, la inmensa piscina, se zambullen los cuerpos desnudos de prostitutas y *tronistas*, valga la redundancia.

La entrepierna de Stefano cruje debajo de su hábito. Se sofoca, paga y se marcha de allí. La holgura del hábito no impide que acabe notando esa erección en su abdomen como el pedal del bombo de una batería. Y con el ritmo que le va marcando ese compás llega hasta la piazza Navona, donde se da de bruces con el obelisco de la fontana dei Quattro Fiumi y todavía se acalora más. Sólo cuando cruza el río Tíber a la altura de la via Corso Vittorio Emanuele y se siente próximo a su destino parece aliviado. También le es de gran ayuda ir esquivando devotos que van con o sin hábito, turistas que buscan refugiarse bajo la sombra, ciudadanos por derecho eclesiástico, romanos con prisa, guardias suizos y palomas. Todos cruzan de un lado a otro, sin orden aparente, esa inmensa cerradura que, vista desde el cielo, es la piazza San Pietro, cofre de tesoros ocultos y laberinto de intrigas desde hace dos mil años. Si fuera una sociedad anónima, la Iglesia católica, sería la más antigua del mundo. En su origen, como en el de Apple, una manzana fue determinante.

En el Vaticano todo es regio, aparentemente sostenido y litúrgico, pero también, dicen quienes lo conocen, bastante menos misterioso de lo que se cree. Eso sí, tan burocrático como la Italia que lo envuelve; un apéndice incrustado en

Roma, la *città eterna*, que es una y muchas ciudades a la vez. Pero ésa es otra historia.

Ahora Stefano está sentado en un sofá de piel en el suntuoso despacho de su director espiritual, monseñor Tozzi; maduro y bien parecido, un Mastroianni del dogma.

—No dudo de tus palabras. Estoy seguro de que las dices desde el convencimiento, pero reconocerás que durante estos últimos años has llevado una vida de recogimiento, y así es mucho más fácil evitar ciertos impulsos. No basta tu palabra para convencer a Dios, no basta para convencerte a ti mismo. Tu fe ha de residir en tus pensamientos, pero también en tus actos —le arenga un Tozzi ya bregado en estos lances.

—Estoy seguro de estar preparado para lo que Dios decida encomendarme —responde un poco convincente Stefano.

—Sólo lo sabrás si vas al infierno. Ya sabes que el infierno es una figura retórica. Lo que quiero decir es que deberás ir en busca del tuyo propio... Y después de dar con él y bucear en sus cavernas, si entonces sobrevive tu fe, serás quizá uno de los elegidos. En ese infierno será donde deberás discernir entre las señales que Él te envía y las que puedan ser de procedencia equivocada.

Stefano recoge el comentario como si de una epifanía se tratase. Monseñor Tozzi, que no las tiene todas consigo, le dedica una mirada que es a la vez una velada percepción de inocencia hacia su pupilo y una invitación a abandonar su despacho. Al joven sacerdote milanés le cuesta entenderlo y con no poca torpeza sale de allí. Eso sí, igual de desorientado que cuando entró.

42.000 pies sobre algún lugar del Atlántico

... Una partida de póquer. Alrededor de una mesa con los naipes en la mano, Chapman —asesino de Lennon—, Oswald —asesino de Kennedy—, Powell —asesino de Lincoln— y Charles Manson —asesino en general—. Junto a ellos, Chris Thomson. Todos fumando, todos en silencio. Hasta que Chris pone sus cartas encima de la mesa. Póquer de ases. Los otros jugadores se miran entre sí. Enseñan sus jugadas, y cada uno de ellos tiene un as. Sonríen y, con idéntico gesto, uno tras otro, sacan de debajo de la mesa un revólver. Cuatro cañones en total apuntan a la pop star. *Pam, pam, pam, pam. Cuatro balas. Ni las tres de JFK ni las cinco de Lennon. Pero el resultado es el mismo. El cantante de los Hotline, la banda que llena estadios por todo el mundo, ha fallecido...*

¡Joder! Otra vez esa maldita pesadilla. Igual tengo que volver a tomar valeriana. Estas paranoias son por la melatonina; estoy seguro. Anda, vaya nubes. Son como de algodón. O como pechos de una mujer albina. Ja, ja, ja. Estás fatal,

Chris. Es que se ven tan sólidas que parece que puedas cami-
nar sobre ellas. Le voy a decir al piloto si puede parar un
momento. Lástima que no haya traído un revólver. Sería
más fácil convencerlo.

Salamanca
Martín

Odio las tartas de cumpleaños y sobre todo ésta. Dieciocho años. La mayoría de edad. Podré hacer las cosas que están permitidas a partir de ese momento. Cosas que normalmente no me gustan: conducir, votar, entrar en un casino, ver películas para mayores de dieciocho años... Ja, ja, ja. Menuda mierda. Las cosas que me gustan ya hace tiempo que las hago. Bueno, algunas. No todas. Follar más me encantaría. Bueno, más no, follar y punto.

Follar y también poder salir de esta ciudad en la que todo el mundo que viene se lo pasa de puta madre porque no viven aquí. Porque si vives aquí, todo cambia, claro. Los campos de Castilla, tela marinera.

A mis padres les hace ilusión que sople la tarta. Venga, Martín, que no cuesta tanto, me digo a mí mismo. Se coge un poco de aire y se exhala con fuerza en dirección hacia la llama. ¿Exhala? Pero ¿qué mierda de palabra es ésa? Igual tiene razón mi representante con eso de que estoy haciendo humor inteligente y mis monólogos no funcionan tanto como antes. ¿Exhala? Menuda gilipollez. Sopla, coño. Sopla. Ahora recuerdo aquel chiste: «Mamá, mamá, en el colegio me llaman "soplaculos" —dice el niño—. Anda —responde la madre—, calla y no les hagas caso, Silvano».

Igual lo podría incluir en una actuación. Un chiste detrás de otro, y a tomar por saco. A Leo le funciona; llena los teatros, joder. Hay demasiados monologuistas. Lo que hace falta son cuentachistes. Se lo diré a mi repre, que me vaya buscando bolos en Madrid... Y en Barcelona y en Las Vegas. ¡Qué coño!

¡Venga, Martín! Concéntrate, por tus muertos, que papá y mamá están esperando. Concéntrate y sopla, cojones.

Martín sopla las velas de la tarta de su dieciocho cumpleaños. Las velas se apagan, pero por arte de magia se vuelven a encender. Los padres de Martín, Rosa y Rufo, sonríen y le hacen un gesto para que sople de nuevo. El chaval vuelve a hacerlo y obtiene el mismo resultado. Las sonrisas de sus padres se hacen más intensas.

Martín entiende la broma. Le han puesto velas de esas que no se apagan nunca.

—Esta broma de las velas está muy vista.

—¡Felicidades! —exclaman al unísono como respuesta los padres.

—Se supone que si no se apagan no puedo pedir un deseo.

—¡Ya eres mayor de edad! Qué mejor deseo que ése.

A Martín le cuesta aceptar esa afirmación de su padre.

«Mayor de edad.» Tal vez al pensar en eso, tal vez por la mala leche que le está entrando, Martín coge aire y... zas. Las llamas se van para no volver.

Su madre le acaricia el pelo.

—A partir de ahora ya puedes tomar las riendas de tu vida.

Y en el momento en que la madre del chico termina la frase, Rufo le acerca un enorme paquete. Martín empieza a abrirlo. Es una maleta.

—¿Es una indirecta? Si queréis que me vaya de casa, muy sutil no os ha quedado.

Los padres empiezan a reír de nuevo, hasta que ambos le sueltan un discurso a su hijo alternando las frases:

—No, no es una indirecta, Martín.

—Pero tu madre y yo hemos estado esperando este momento para… —A Rufo le cuesta seguir hablando. Su mujer coge el relevo.

—En fin, para decirte que tu padre y yo… nos separamos.

¡Bum! A Martín se le cae la maleta de las manos. Se queda mirando fijamente a su madre y luego a su padre. Quiere observarlos a los dos a la vez, pero no puede. Y mientras los ojos se le van humedeciendo, su cabeza se mueve de un lado a otro, como esos perros de mentira que se suelen colocar en la parte de atrás del coche.

—Martín, por favor, no hagas de esto un drama.

—Como puedes comprobar, todo es muy civilizado. Tu madre y yo seguiremos manteniendo una buena relación.

Martín no aguanta.

—Pero es mi cumpleaños, hijos de puta.

No ha gritado, pero la frase ha retumbado en toda la sala. Los padres intercambian una mirada que mezcla al cincuenta por ciento sorpresa y fastidio.

—Martín, somos tus padres. No nos puedes hablar así —dice Rufo.

—¿Crees que no hemos sopesado los pros y los contras de nuestra decisión? Hace tiempo que la tomamos, pero creíamos que lo mejor era esperar a que fueras mayor de edad. Tienes que asumirlo como la persona adulta que ya eres.

Martín añade mentalmente a la lista de cosas que no le gustan de los dieciocho años una más: «Aceptar que tus padres se divorcien».

—Son cosas que pasan, hijo.

—Las cosas se acaban, caducan.

—¿Caducan? Que sois mis padres, joder; no unos yogures.

—Venga, vamos a comernos la tarta.

—La tarta os la podéis meter en el culo. Y la maleta también. Todo junto.

Martín se marcha. Rufo suspira. Rosa permanece impasible.

—Te dije que no era buena idea darle la noticia hoy —comenta el padre.

—Mira, Rufo, no soporto verte un minuto más de mi vida. Corta la tarta, anda.

Rufo se pone a ello.

41.000 pies sobre las costas de Islandia

Qué azafata más guapa. Seguro que sería una buena esposa y una buena madre. Aunque la pregunta correcta es: ¿sería yo un buen esposo y un buen padre? Tengo ganas de niños. Cada vez más. Llevármelos de gira, ir con ellos a todos los parques de atracciones del mundo... No sé qué flipado me dijo que con los hijos pierdes parte de tu creatividad. Creo que fue Pete en el Rock in Rio del año pasado. Menudo bocazas. Es una teoría de mierda. Todos los genios han tenido hijos. Bueno, creo. Yo los tendría. Ahora estaría viajando con mis niños, que irían berreando y molestando a los demás pasajeros. ¡Me encanta! Sólo necesito encontrar una buena madre... y unas buenas canguros, claro. Le tengo que preguntar a Brad y Angelina cuánto se gastan en canguros.

Berlín

Lukas…

Dios, me encanta que me adoren en este país tan austero en sus emociones, tan frío consigo mismo. Sé que sonará frívolo, pero yo soy así: la intrascendencia personificada, el punto rojo en el lienzo blanco, la maricona payasa que sale en la tele y que ilumina la vida de tanto aburrimiento impostado —aquí lo llaman «sobriedad»—. Soy el Oktoberfest de sus vidas. Porque, para qué engañarnos, aquí se mira mucho por encima del hombro a los demás, pero qué poco nos hace falta para venirnos arriba. Un vuelo barato, una pensión regular, una jarra de cerveza… y nos volvemos locas. Eso sí, lejos de la mirada de nuestros vecinos y más lejos aún de nuestro complejo supremático. Ya me entienden. Aunque luego nos mordemos las uñas de pura envidia mirando al sur, pero eso queda dentro, a buen resguardo, escondido. Somos muy de esconder. Recuerden que muchos alemanes ayudaron a ocultar a numerosos judíos para salvarlos del Holocausto. Pregunten a cualquiera. Todos dieron refugio a una familia judía en el sótano de su casa. Pero no hagan cuentas porque el re-

sultado es escalofriante: había tantos judíos escondidos como chinos en la actualidad. *Será por eso que yo he acabado convirtiéndome en un sujeto transparente, sin sombras. Tal como me ven, soy. Sin dobleces, hedonista y disparatado. Colorido para lo bueno y para lo malo, como la rana flecha, de dorada y viscosa piel, pero mortal. No se crucen con ella. Y tampoco conmigo.*

Cambiando de tema, estoy caliente como una perra esperando el regalo que me traerá Klaus. ¿Será virgen...?

... y Mathias

No puedo quitarme de la cabeza aquella fiesta en la que estuve a punto de chupársela a Ralf König. En fin, espero que el chef que hemos contratado sirva el cordero en su punto justo.

En el lujoso ático de la Friedrichstraße, en pleno Mitte berlinés, los comensales ríen y brindan alrededor de una amplia mesa sobre la que se encuentran perfectamente dispuestos trece cubiertos. Sobre el mantel de hilo, una vajilla clásica completa —Rosenthal, por supuesto— da el contrapunto a la moderna decoración de la estancia.

Presidiendo la mesa, Mathias y Lukas, los anfitriones y propietarios de la vivienda. Mathias tiene cincuenta y cinco años, pero aparenta diez menos. A su lado está Lukas, que tampoco aparenta sus cuarenta primaveras recién cumplidas. Repartidos por la mesa, cuatro parejas más. Todos hombres, todos elegantes. Todos tienen trabajos bien remunerados, que se agrupan bajo el eufemismo de «profesiones liberales»: abogados, médicos, arquitectos, pintores… Todos disimulan los años con horas de gimnasio, tratamientos de belleza, estancias en balnearios y clínicas de desintoxicación. Todos buscan y, en algunos casos, rozan la perfección.

Mientras dos camareros de torso musculoso y al descubierto sirven vino francés en copas de cristal checo, los presentes se enseñan fotos de sus teléfonos móviles de última generación.

—¡Oh, qué cosita más linda! ¿Es cien por cien French Bulldog? —le pregunta Thomas, un reputado arquitecto, a Uli, cirujano plástico, que está frente a él en la mesa.

—La duda ofende —responde Uli con una sarcástica sonrisa—. Pedigrí de ocho generaciones.

—¿Ocho generaciones? Pero eso es anterior al Primer Reich, mi amor.

Todos ríen la ocurrencia de Thomas.

—Ésta es Pina. —Anthony acompaña la presentación de la foto de su jack russell con una teatral reverencia, sin duda sacada de sus numerosas noches saludando desde el escenario del teatro de la Staatsoper.

—¿Pina? Pero ¿no se iba a llamar Frida? —pregunta Mathias.

—Al final mi pasión por la danza pudo más que la pasión por la pintura de Gunter. Además, querido, es una jack russell; le pega mucho más un nombre como Pina. —Anthony remata la frase con un beso en los labios a su pareja Gunter, crítico de arte del diario *Der Freitag*—. ¿Verdad, cariño?

Todos los asistentes, tanto anfitriones como invitados, demuestran unos modales impecables alrededor de una mesa dispuesta de forma impecable en medio del salón de un ático impecablemente amueblado. Si alguien observara la estampa desde la ventana, le parecería estar viendo la Santa Cena del mundo gay.

Ahora es Ralf, fotógrafo de moda, el que alza la voz.

—Ya sé que estamos en una cena informal, pero... ¿nadie va a comentar el reportaje que os han hecho en *Mate*?

—Nooo.

Mathias se lleva las manos a la cara con un poco de vergüenza. Lukas le rodea el cuello con los brazos.

—No pasa nada, mi amor. Tienes que acostumbrarte a ser el marido de una estrella de la televisión —le susurra entre risas.

—Ya estás tardando, Ralf.

Uli y el resto se disponen a escuchar al fotógrafo.

—Curiosamente —afirma Ralf mientras saca del bolso el último número de *Mate*, la publicación gay más importante de Alemania— he traído un ejemplar.

Gritos, alborozo. La buena educación de todos va relajándose para dar paso a las ganas de escuchar, de saber..., de chismorrear. Ralf lee:

—«La conocida pareja formada por el popular presentador de televisión Lukas Ballack y por el director de la Gemäldegalerie de Berlín, Mathias Müller, ha confirmado a esta revista que se casarán próximamente en Ibiza... Se espera que sea uno de los acontecimientos del verano en la llamada Isla Blanca».

Más gritos, brindis, copas que se vacían y se vuelven a llenar. Entre la algarabía suena el timbre. Uno de los camareros se dirige a la puerta y, al cabo de unos segundos, irrumpe en el comedor otra pareja, con un porte similar al de los que ya están sentados a la mesa. A los recién llegados les acompaña un muchacho mucho más joven que todos los presentes. Un efebo con un parecido tan extremo al joven Tasio de

Muerte en Venecia que no puede ser algo casual, sino expresamente buscado. Klaus, la voz cantante del peculiar trío, exclama un tanto alocado:

—Bueno, bueno, bueno… ¡Felicidades, pareja! ¿Qué creías, Lukas? ¿Que me iba a olvidar de tu regalo de despedida de soltero? Os presento a Helmut.

Todos se miran cómplices y expectantes durante un segundo, y luego estalla un carrusel de risas, carcajadas y gestos exagerados que van relajando poco a poco los buenos modales que reinaban hasta hacía unos minutos.

Dos horas después de la llegada del regalo, Mathias comprueba que el cordero sí que estaba en su punto. Sentado a la mesa solo, apura su copa de chardonnay mientras, desperdigados por la casa, se mezclan los cuerpos de los hombres que antes estaban sentados a su lado. A éstos también se les han unido los apolíneos camareros; todos yacen en sofás, alfombras y *chaises longues*, desnudos, ebrios de alcohol y sexo, deseando prolongar esa noche de desenfreno durante las horas que les permita el *popper* y la cocaína.

Algo más lejos, desde la habitación principal del ático, dormitorio habitual de Mathias y Lukas, se escuchan unos extraños gemidos, una mezcla de placer y llanto. Los profiere Helmut, que ahora está más cerca de *Saló o los 120 días de Sodoma* de Pasolini que de la *Muerte en Venecia* de Visconti.

27.000 pies sobre el canal de la Mancha

Tierra a la vista… ¡Europa! Por fin. Un lugar en el que sí que saben vivir. Hay bastantes menos armas que en América, aunque tal vez, para compensar ese detalle, todas las grandes guerras empezaron en el continente europeo. Supongo que, con tantas banderas diferentes en tan poco espacio, debe de ser normal que quieran partirse la cara de vez en cuando para ver quién manda. ¡Coño! Eso parece la torre Eiffel. Ja, ja, ja. No te flipes, Chris. Desde aquí no se ve París ni de coña. Tengo que ir más a París. Francia, oh là là! Y a Italia y España… ¡Joder! Qué bien se come aquí. Claro que Ibiza es España, pero yo creo que esa isla debería ser un país independiente del resto del mundo.

París
François

La popularidad es la calderilla de la gloria. Lo dijo Victor Hugo, y sólo le faltó añadir: «Y también el consuelo de los imbéciles». ¿Quién puede anhelar la popularidad teniendo al alcance la gloria? No me gusta que la gente me reconozca por la calle ni que me pregunten si pueden hacerse una foto conmigo. ¿Por qué están horneando esa salsa? Tampoco me gusta que me hagan salir a saludar en mi propio restaurante y me aplaudan. Está demasiado alto el fuego del canard... *Si quieren aplaudir, que vayan al teatro. Allí los actores se deben a su público. Yo no cocino para alguien en concreto. Cocino para la posteridad. Hay que cambiar de proveedor de marisco... Y también cocino para devolver a Francia una parte de la gloria perdida a manos de los españoles, ingleses o daneses, que han olvidado el lugar donde la cocina se convirtió en arte.*

Mmm... ¿Ese olor es de shiitake?

Como si se tratase de la compleja coreografía de un ballet soviético —soviético, no ruso, pues algunas cosas buenas se perdieron con la desintegración de la URSS—, más de treinta personas se mueven por la cocina del Intouchable, el restaurante situado en la rue Saint-Roch, dentro del lujoso triángulo conformado por Tuileries-Pyramides-Louvre, próximo al Palais Royal y al eje comercial —de cartera disipada— que es la rue Saint-Honoré.

París, la Ciudad de la Luz no tanto por sus cielos, casi siempre metálicos, ni por ser de las primeras ciudades que tuvieron alumbrado público, sino por ser cuna del pensamiento, las artes y la educación. De esa luz está hecha París, que no es poca cosa.

Pero volvamos a la treintena de impolutos uniformados de blanco que trabajan en el Intouchable. Componen el equipo humano que elabora el menú degustación para los comensales que se encuentran al otro lado de la puerta batiente de la cocina.

Al frente de todo ese trajín, François Pignon, cocinero de moda en Francia. En ese momento atiende a su segundo, Antoine Blanc, mientras éste le muestra un minúsculo recipiente con unas láminas de textura rugosa.

—Aquí tenemos las setas *shiitake* después de la liofilización.

—Curiosa textura. ¿Qué te parece decorar el plato con un ramillete de éstas?

—Había pensado fijarlas sobre la esferificación de lima.

—No, no, no… Corremos el riesgo de romperla.

—De acuerdo. ¿Vas a probar las *shiitake*?

Cuando François da un sorbo a la copa de vino a modo de enjuague y se dispone a degustar una de las setas, en un rincón de la cocina suena el teléfono.

—¡François, teléfono! ¡Es Marie! —informa un joven asistente sosteniendo el auricular en la mano.

—Dile que ahora mismo no puedo, luego la llamo.

El chef hace un gesto de agobio y, obviando la degustación de las setas, le pide a su segundo que dé salida al plato. Éste pasa de mano en mano, sale de la cocina y entra en un cálido salón forrado con maderas nobles, suelo de mosaico, arañas de cristal y cortinas de damasco en las ventanas con vistas al jardín trasero. Aparte del mobiliario clásico, el comedor está salpicado en sus paredes de lienzos de tamaño mediano; la mayoría son bucólicos paisajes de una Francia decimonónica. Las mesas están perfectamente vestidas con manteles de hilo; sobre ellas, la cristalería suiza, la cubertería de plata *vintage* y la vajilla de porcelana blanca con algún que otro detalle en relieve. No falta ningún elemento de aquello que las guías gastronómicas anglosajonas son capaces de resumir como *French fancy* y quedarse tan anchos.

El ambiente es de una serenidad impostada, muy propia de estos sitios y de la gente que los frecuenta, a menos que sean millonarios rusos —que no soviéticos— que se beben dos botellas de coñac mientras esperan los entrantes. Los comensales susurran y, de manera fortuita, se oye el lánguido roce de algún cubierto contra la porcelana. El comedor está casi lleno. Hay mesas ocupadas por hombres que bien podrían ser políticos, banqueros, empresarios mafiosos o una mezcla de todo ello; en otras se sitúan parejas de diferente procedencia. Destaca una familia de cuatro comensales con un niño a quien le da de comer la niñera. Uno de los clientes se lleva la cuchara a la boca; le gusta lo que come y acentúa su expresión cerrando los ojos.

Unos ojos que se vuelven a abrir, pero ahora con una expresión extraña, incluso burlesca. El cliente emite un sonido gutural más animal que humano, y su cabeza se desploma sobre el plato. ¡Chof!

Al jefe de sala se le congela el rostro o, ya que estamos en un establecimiento de nivel, se le criogeniza. Y de golpe se le descongela, cuando observa que eso mismo que acaba de suceder se repite en otros comensales, niñera y niño incluidos.

¡Chof! ¡Chof! ¡Chof! ¡Chof! ¡Chof!

Los servicios de urgencia atienden a las víctimas de la intoxicación. El comedor del Intouchable se ha convertido en un improvisado hospital de campaña. Todos los afectados, si bien algunos vomitan y otros corren hacia el lavabo desesperados, víctimas de los efectos secundarios, han reaccionado de manera positiva a los primeros auxilios administrados por el personal médico que ha llegado al restaurante en diferentes ambulancias.

Están presentes los servicios de emergencia y también la policía. El inspector Limier, que bien podría ser un Jean Reno de mirada tierna y taciturna, aunque un tanto desgarbado, y con el temperamento aplacado por sumar muchos años pateando las calles, diserta ante la desencajada mirada del propietario del local.

—Monsieur Pignon, su ayudante ha confesado que las setas no eran de la variedad… —Mira un apunte en una pequeña libreta—, *shiitake*, la que usted suele comprar, sino una muy parecida llamada… —Vuelve a repetir el gesto de mirar sus apuntes—. ¡Joder con los japoneses! Es igual. Me refiero a una seta más barata, que ha resultado ser también venenosa.

—¿Cómo?

—Cuarenta personas intoxicadas por un ayudante que lo

único que quería era aumentar sus propios márgenes de ganancia.

—Pero esto va a ser mi ruina.

—Tranquilo, el que pasará a disposición judicial es él.

—¿Y mi restaurante?

—Olvídese del negocio durante un tiempo, amigo. Ya sabe que en este maravilloso país de *Liberté, egalité et fraternité* se permiten trapicheos y abominar de los maricas y los rumanos, pero no jugársela con la comida. ¡Ja!, eso son palabras mayores.

Horas después el comentario del inspector todavía retumba en el aturdido cerebro del cocinero, cuando entra en su piso en la rue de Bourgogne, en Invalides, el barrio donde están los ministerios y las embajadas, y que también aloja el Museo Rodin. François lleva consigo algo de comida que ha comprado en el Lotus Blanc, un modesto restaurante vietnamita por el que han pasado algunos presidentes de Francia y de Estados Unidos.

—¿Marie?

El silencio reinante le sorprende. Pero no tanto como la nota fijada bajo un imán con forma de seta en la puerta de la nevera.

«Esto ha llegado a su fin. Lo siento. No me busques. Adiós. Marie.»

El chef abre de forma automática la nevera. Saca una cerveza. Lanza la chapa al suelo y bebe un buen trago. Busca un número en su móvil.

—Charlotte, consígueme un billete de avión para mañana a primera hora… ¿Adónde? Me da igual.

Y como una de las esculturas del célebre Rodin se queda François mientras se enfrían las dos raciones de *pho*.

IBIZA

38° 54′ 40,1″ N / 1° 26′ 6,7″ E

Por si queda alguien que todavía no lo sabe, Ibiza es una isla mediterránea perteneciente al archipiélago balear. Tiene 572 kilómetros cuadrados de terreno; playas, acantilados, montañas, campos... Pero hay cosas que no las explican en la Wikipedia, como, por ejemplo, que hay tantas Ibizas como personas han pasado por la isla.

Para unos, Ibiza es la noche; para otros, el día. Para unos, la playa; para otros, el campo. El amanecer o la puesta de sol. El frenesí o la calma. La carne o el pescado. El rock o el dance. El azúcar o la sal. El blanco o el negro. El yate o la piragua. Versace o la moda Adlib. El caviar o las patatas. Los *clubbers* o los hippies. El champán o las hierbas ibicencas. La marihuana o la cocaína. La Cala Benirràs o Ses Salines. La discoteca Pachá o Amnesia. O Space, Privilege, Ushuaïa...

O todo a la vez. Sí, mejor todo a la vez.

Para muchos hoy la isla es de Guetta y Avicii, y de los turistas rusos. Pero ayer lo fue de Oakenfold, Sven Väth y de los turistas ingleses y alemanes. Y antes de ayer, de Freddie Mercury, Julio Iglesias y de los turistas americanos. Y años antes, de Pink Floyd, Bob Marley y Eric Clapton. Y antes de antes, de los hippies que llegaron en los cincuenta y los sesenta a Sant Antoni escapando de los ecos de Corea y Vietnam.

Y de los turistas españoles.

Y antes del turismo, la isla fue de los rebeldes franquistas.

Y de los republicanos.

Y mucho antes, de los ingleses, de la Marina, de Su Majestad, que trajeron la ginebra y el maldito gin-tonic, así como la malaria, para compensar. Y tiempo atrás fue de los turcos, los árabes, los romanos, los fenicios, los cartagineses, los cananeos —y sus conocidas celebraciones de la primavera, tal vez las primeras fiestas *flower power* de la historia—, los asirios…

Y antes de todos ellos, de los primeros ibicencos, si es que hay ibicencos que no sean una mezcla de todos los anteriores.

Lo que parece seguro es que, hoy en día, el mundo se divide en dos: aquellos que han estado alguna vez en Ibiza y los que se mueren de ganas por ir allí.

¿En qué lado estás tú?

Durante los meses de verano, por el aeropuerto de Ibiza desfila una variada fauna de visitantes: gente de todas las nacionalidades imaginables y de todas las clases sociales posibles. Una amalgama de colores, estilos, aspectos e intenciones. Pero, esta mañana, ese caleidoscopio humano se mezcla además con una nube de periodistas, fotógrafos y reporteros que han llegado dispuestos a cubrir el *openning* del primer *lounge club* del mundo ubicado en un aeropuerto. La isla siempre buscando ser la primera, en lo que sea.

El club, como no podía ser de otra manera, lleva el sello de David Guetta, productor y DJ de renombrada fama mundial, y último icono de la música de baile que hace saltar a todo el globo terráqueo. A la salmodia de gritos, murmullos, cámaras y flashes, se añaden las notas del tema *Play Hard* del propio Guetta. La música retumba en el recinto y, a modo de saludo, recibe a los recién llegados, pero también sirve de despedida para los que dejan la isla. A estos últimos les provoca una sonrisa cómplice al asociar ese sonido con el sicalíptico ritmo de las noches pasadas.

Chris Thomson, *pop star* al que ahora no conoce ni su madre, recoge su maleta facturada y arranca con decisión hacia la salida del aeropuerto, sorteando a otros pasajeros que esperan su equipaje. Con cada zancada se va a alejando de la batería de cintas que escupen valijas, pero que también se tragan a las que quedan huérfanas en ese *loop* mecánico. En su recorrido, Chris se cruza con Lukas y Mathias, ambos escondidos tras el último modelo de gafas de sol Tom Ford. Lukas está visiblemente agobiado por nada. Él es así, se agobia enseguida. Tener que esperar a que aparezca su equipaje le genera ansiedad. Ansiedad que libera con un constante repiqueteo de su pie izquierdo, y que consigue trasladar al más relajado Mathias, que de vez en cuando observa discretamente a su pareja.

Mister Thomson se cruza también con el joven padre Stefano, que ha abandonado el uniforme clerical y luce una vestimenta casual un tanto anacrónica, como si lo hubiera vestido su madre o fuera un *hispter* sin criterio. A continuación Chris sobrepasa a Charly, la suegra de éste, su mujer Rebeca y sus dos hijos, Bratt y Jennifer, y a Ronnie, el perro mil leches de la familia, que sin querer acaban componiendo algo muy parecido a la cola de un dragón en la celebración del Año Nuevo chino. Al sortearlos, Chris casi se da de bruces con Martín, el joven cómico mayor de edad que está parado en medio de aquel gentío con expresión triste, pero también con una mirada hambrienta, intentando descubrir algo que quizá le pueda servir para incluir en su repertorio de monologuista.

Una vez superado Martín, el cantante se encuentra con François, chef francés que huye de unas setas venenosas; tiene los brazos en jarra y se pregunta qué ha pasado con su equipaje. Lo mismo que parece preguntarse en la cinta de al lado, pero con gestos más ostensibles y menos educados, el numeroso grupo de familias británicas, con Jeremy al frente. La colonia inglesa es el último escollo que le queda al músico para llegar a la puerta de salida.

Bueno, pues aquí les dejo. Sí, a ustedes. Les dejo con estas personas que quieren vivir durante sus vacaciones una nueva vida. O tal vez su vida verdadera. No se preocupen por mí. Yo voy a hacer lo que he venido a buscar: desaparecer. Por fin.

Dicho y hecho. Chris Thomson, cantante de los Hotline, deja atrás el aeropuerto esbozando una amplia sonrisa.

No es una sonrisa, sino una expresión más constreñida, lo que se dibuja en el rostro de Mathias. Va empujando un enorme carro cargado de maletas Louis Vuitton que conforman su equipaje. Lukas mientras tanto mira divertido su iPhone.

—El joven Helmut parecía que iba a aguantar más de lo que aguantó. Mira esta foto. Está a punto de llorar, pobrecito mío… A lo mejor no deberíamos haberlo esposado —comenta cruelmente guasón Lukas.

A Mathias, que intenta gobernar el carro, no le hace mucha gracia el comentario, pero acaba dibujando un leve gesto a medio camino entre el compromiso y el asco.

Los novios alemanes no reparan en la presencia de Stefano, que los mira con cierto estupor. Un estupor que crece cuando observa a otros turistas que se mueven por el aeropuerto: tipos con el torso semidesnudo; mujeres que lucen minitops y *shorts*, prendas que hacen honor a su nombre más que nunca; grupos de despedidas de soltera que adornan sus cabezas con penes de plástico y que visten transparencias, que parecen radiografías de baja exposición; parejas que se besan con hambre húmeda y caníbal, y otras que se entregan a un magreo de equivalente voracidad, a punto de provocar una inédita combustión por la friega del algodón y la licra. Stefano se siente subido a lomos de un caballito en el tiovivo de la perversidad. Se está poniendo cachondo, y eso no hay hábito que lo cubra.

La única pareja que tal vez no provoca desasosiego en el joven clérigo italiano es la que forman los dos miembros de la Guardia Civil que observan al pasaje junto a la puerta de salida y que se dirigen hacia Martín después de que éste haya recogido su mochila y se disponga a abandonar el aeropuerto. Martín resopla cuando los agentes se acercan y le invitan a que les acompañe. Nunca ha entendido qué le convierte a él, un chaval que emana normalidad por los cuatro costados, en un imán para todos los cuerpos de seguridad, que siempre se interesan por revisar lo que lleva encima. Con las pintas que hay a su alrededor y lo llaman a él. Manda huevos.

Justo antes de entrar en el cuarto para los registros, que tanto intriga a todos los pasajeros y que no deja de ser una pequeña sala, amueblada con una triste mesa y donde hay una atmósfera irrespirable, la nube de periodistas que está en el aeropuerto con cámaras y flashes se mueve en formación de tortuga, como los romanos de las historietas de Astérix. El motivo es haber reconocido entre los recién llegados a la famosa Tiffany London, rica heredera de la cadena hotelera London-Truman Resorts. Ha viajado a Ibiza con su séquito como *special guest star* para el *openning* del *lounge club* del aeropuerto. Y, por supuesto, para pasar unos días en ese rincón en el que papá todavía no tiene ningún establecimiento abierto ni tampoco el control sobre ella.

Las miradas de Tiffany y Martín se cruzan y quedan en suspenso durante un par de segundos. Un tiempo que ella aprovecha para hacerle una foto con su móvil. Después lo que nota Martín no es amor, ni un flechazo, ni un amago de erección. Es una colleja de uno de los agentes para sacarlo del trance. El típico pescozón benemérito.

Charly y su familia repasan el equipaje que ya está en el carro. No falta nada. Sólo que deje de ladrar Ronnie, que parece excitado con el tema que se escucha a través de los altavoces. El repetitivo estribillo de *Play Hard* ha dado paso a *Titanium,* otro de los *hits* del gurú David.

—¡Calla, joder! —le advierte Charly al pobre chucho, que, como respuesta, huele una de las ruedas del carro de las maletas, levanta su pata y alivia su vejiga.

—¡Ibiza! Qué ganas tenía de volver. Ya huelo la fiesta.
—Angie, la suegra, está en modo «Voy a ir a mi bola y quiero que lo sepáis».

Aunque no parece precisamente de fiesta el ambiente que se respira en el mostrador de equipajes perdidos. Más bien, todo lo contrario. Los pasajeros del vuelo procedente de Liverpool, en el que viajaban Jeremy y su grupo, así como otro que provenía de París, con un equipo de rugby incluido, se arremolinan ante ese mostrador.

—Odio a los belgas —sentencia Burns, el orondo amigo de Jeremy.

—No son belgas, son franceses —aclara Jeremy.

—Pues odio a los putos franceses que parecen belgas —remata Burns, que no está para precisiones. Él lo que quiere es recuperar las maletas y beberse una buena cerveza. Y empieza a no importarle el orden—. ¡Eh, ¿dónde cojones están nuestras maletas?!

Debbie, la mujer de Jeremy, no puede evitar lanzarle una mirada a su marido, que es en realidad un aviso para que le pare los pies a su colega. Jeremy lo capta a la primera y, con una palmada en la espalda, intenta calmar los ánimos de Burns. Pero Burns es Burns y entiende esa palmada como un gesto de apoyo de su amigo, de sus amigos, de su tribu.

—¡¡¡Dadnos ya las putas maletas!!! —reclama Burns. Su actitud incomoda a Jeremy, que ya nota cómo la mirada de Debbie le calienta la nuca, y provoca que Liam y Stuart se descojonen.

Las carcajadas se cortan en seco cuando las miradas de todos ellos se cruzan con el otro grupo frente al mostrador, esos «putos gabachos que qué cojones estarán mirando». La tensión se nota; no se ve, pero se nota. Hay tensiómetros para medir la tensión arterial, pero ésta no se mide, se percibe, se palpa, se siente. Empieza a haber tenues empujones por ganar plaza en la cola que se ha formado delante del mostrador. Vuela algún insulto. El personal que atiende intenta controlar en vano la situación mientras toman nota de los números de referencia del equipaje de cada uno de los afectados. Una azafata de tierra se acerca al grupo de Jeremy.

—Me permiten sus resguardos —reclama la azorada azafata.

—¿Quién tiene los resguardos? —pregunta a su grupo Jeremy.

—Stuart —contesta Burns.

—¿Y dónde cojones se ha metido? —interviene Liam y añade—: Estaba aquí hace un momento.

—Joder, nunca está cuando se le necesita —precisa Burns.

—Está bien, en un rato volveré a pasar —les dice la azafata.

François, el chef parisino, a duras penas puede abrirse paso hasta el mostrador, que permanece colapsado por la cantidad de pasajeros que reclaman sus maletas.

—Disculpen, déjenme pasar. ¿Alguien sabe si hay una cola para los de primera clase? Han perdido mi equipaje... Este país sigue siendo un desastre, qué falta de organización. —Un François muy despistado se dirige en francés a los excitados pasajeros ingleses.

Unos pasajeros que no ven con buenos ojos que François haga ese tipo de distinción clasista en una situación como ésa. De hecho, uno de ellos, como respuesta, sube el volumen de los altavoces de su reproductor de música. El tema *Song 2* de los Blur empieza a discutirle al *Titanium* la hegemonía musical de aquel instante.

François intenta avanzar un poco más en la cola.

—Disculpen. ¿Me permiten? Muchas gracias.

Al pasar al lado del grupo de Jeremy, un pequeño choque entre François y Liam provoca que la cerveza de este último se derrame como una lágrima de muñeca sobre su mano. Una gota en un océano. En circunstancias normales, una gota sin importancia, pero en este preciso instante lo es todo. La gota hace honor al refrán y colma el vaso. Damon Albarn, cantante de los Blur, suelta su alarido característico, y algo se activa en el hipotálamo de Jeremy. Al ver discutir a su colega con un estirado francés, y sin mediar palabra, noquea a François de un puñetazo en la cara.

Y así empieza el baile, pero no en el *lounge club* a ritmo de Guetta, sino en el mostrador de maletas perdidas, al ritmo de los Blur.

I got my head checked
By a jumbo jet.
It wasn't easy,
But nothing is.
No.
Woo-hoo!*

Burns salta detrás del mostrador y empieza a lanzar las maletas. Franceses e ingleses se definen en grupos, y arranca una batalla campal que ha tomado la forma de una enorme melé. Las maletas vuelan. Muchas de ellas se abren y dejan una estela de ropa y objetos personales que sobrevuela la masa informe que se desplaza, como un enorme baile pogo en pleno concierto punk, a base de puñetazos, cabezazos, empujones, patadas, bofetones y pisotones. El personal de tierra llama a los de seguridad, y éstos acuden para acabar de completar la coreografía. Se suman desafinados coros de gemidos, lamentos, lloros y quejas. No son en vano porque la percusión de puños va marcando el ritmo con fuerza. Mucha fuerza, una fuerza desbocada. Y sólo se necesita el equivalente a doce kilos y medio para romper un hueso. Algunos

---

* Tengo mi cabeza marcada, / por un Jumbo. / No fue fácil, / pero nada lo es. / No. *Woo-hoo!*

viajeros salen del baile con la nariz rota y el aspecto de haber sido eliminados de una competición de *paintball*. Sólo que lo que mancha su ropa no es pintura.

Cada cual empieza el verano a su manera.

Woo-hoo!

Dicen que hay calma después de la tormenta. Debe de ser cierto, porque la zona en la que está el mostrador de equipajes perdidos, donde antes hubo una reproducción de la batalla de Cornualles, es ahora una balsa de aceite por la que se han ido deslizando las horas. En el suelo, apoyado en una columna, encontramos a François, todavía inconsciente. Un vigilante de seguridad toca el hombro del francés con la punta de su porra, y éste se despierta. El aspecto de François deja bastante que desear.

—¿Qué ha pasado? —pregunta un aturdido François.

—No lo sé. Pero sí le puedo decir lo que va a ocurrir si no se mueve de aquí —le advierte el segurata mientras sigue presumiendo de su apéndice de cuero.

François, medio abotargado, obedece; se levanta buscando la salida de la terminal. Una vez fuera comprueba que le han robado la cartera, el pasaporte, el teléfono móvil e incluso el reloj.

Afortunadamente en uno de los bolsillos del pantalón aparece un billete de diez euros. Un tanto indispuesto todavía, se mete en un taxi.

—Al consulado de Francia.

El taxi arranca. François apoya la frente en la ventanilla y observa que el vehículo abandona el recinto aeroportuario.

Por alguna razón inconfesable, o tal vez por una exacerbada voluntad de servicio, el taxista ha decidido llevar a

François a Ibiza ciudad por el camí de Cas Colls, una carretera que atraviesa la isla de sur a norte por bosques y campos de cultivo. No hacía falta el rodeo, pero seguramente tampoco era necesario que el cocinero francés le comentara a su eventual chófer determinados detalles.

—Tengo que decirle, caballero, que sólo tengo diez euros. No sé si será suficiente, pero en el consulado se harán cargo de la carrera.

El taxi frena bruscamente y se detiene en el arcén, al lado de una vasta pineda.

—Baje.

—¿Cómo?

—¡Que a la puta calle!

François, primero desconsolado pero después muy cabreado, abandona el taxi y queda convertido en un punto a merced de la nada en ese despoblado rincón de la isla.

—¡Joder! ¿Por qué demonios he venido a este país de mierda?

Un grupo de cigarras alertadas por las palabras del francés inicia su mantra estival, que a los pocos segundos ya se ha convertido en una insoportable *jam session*.

—¡Mierda! ¡Mierda! ¡Mierda!

En Ibiza hay más de tres mil mansiones. Lujosas casas con diferentes precios que van desde los tres hasta los cuarenta millones de euros. De esas tres mil villas, sólo un 20 por ciento se ve desde la carretera y alrededor del 40 por ciento desde el mar. El resto de viviendas permanecen escondidas a los ojos de cualquier mortal que no sobrevuele la isla.

Lukas y Mathias han alquilado uno de esos oasis ibicencos para su boda. La espectacular casa situada en la urbanización de Roca Llisa tiene una arquitectura minimalista, tendencia impuesta por el arquitecto de turno a su rica clientela, y lleva por nombre Villa Tur. Está dividida en dos niveles; entre ambos suman más de quinientos metros cuadrados de vivienda. La construcción se sitúa en una finca de una dimensión nada despreciable: casi quince hectáreas con vistas a Formentera. Es un casoplón en toda regla, que además dispone de un sofisticado sistema de seguridad, con cámaras de vigilancia, un sistema láser de detección de movimiento y control domótico. Cuenta también con una piscina *infinity*, de dieciocho metros de largo por tres de ancho, con una cascada en el área del spa e iluminación de fibra óptica que va mutando hasta ocho colores. La zona exterior, de dos mil metros cuadrados, es una plataforma continua acabada en piedra caliza e incluye un comedor para dieciséis comensales.

En este rincón que describe esta breve ficha inmobiliaria se encuentra ahora la pareja de novios alemanes junto a la persona en la que han confiado la organización de su boda, un madrileño llamado Jorge Javier, propietario de una de las exclusivas agencias de eventos y *concierge* que proliferan durante los veranos en la isla.

—¿Me estás diciendo que todavía no te han llegado las mantelerías blancas de hilo que pedimos bordadas a mano y con nuestras iniciales? —exige saber Lukas, que, en su línea, ya está sobreactuando.

—Las bordadoras están trabajando a destajo, pero son algo mayores y… —se disculpa Jorge Javier, que no actúa y está pasando un mal trago con la situación.

—¡Excusas! El maldito sur de Europa, siempre jodiendo a los del norte con su incompetencia. —Lukas está impecable en su papel de contrayente superado.

—Tranquilo, Lukas. Todavía quedan algunos días para la

boda —comenta algo incómodo Mathias, con su acostumbrado temple.

—Sí, quedan días, pero me gustaría ver antes esos manteles, tener ya la *playlist* que quiero para el evento, chequear la versión chill out de la marcha nupcial de Mendelssohn para el momento de la puesta de sol, los adornos florales que irán en el jardín, la disposición de los invitados… —El *speech* de Lukas en alemán ha ido ganando velocidad e histerismo a medida que avanza y tiene medio noqueado a un Jorge Javier con cara de no saber por dónde le vendrá el golpe—. Me parece que no es tanto pedir el poder controlar los detalles de mi boda. ¡Una boda de la que va a estar pendiente todo el puto universo gay de Alemania!

Lukas, con esa impostura de los adictos a la irritación, se marcha de la sala entre aparatosos ademanes.

Jorge Javier se ha quedado, como diría la Juana, su señora madre oriunda de La Mancha, de «pasta de boniato». No ha pillado nada del soliloquio, aunque, a juzgar por la ojiplática expresión y la boca abierta que le confiere el aspecto de un muñeco hinchable, intuye que no había buen rollito en el discurso. Mathias, que repara en ello, intenta quitar hierro.

—Tienes que disculparle, está muy nervioso… —le consuela Mathias.

—Sí, sí… Me hago cargo. Uno no se casa todos los días. ¿Miramos los adornos florales? —añade Jorge Javier sin tenerlas todas consigo.

—Por supuesto. Y también me gustaría repasar la carta para que no falte la ensalada del restaurante Can Pau en la cena. Me recuerda cuando venía a la isla en mis años de soltero. ¿Conoces a Alba, la dueña? Es maravillosa. —Mathias le guiña un ojo y lo tranquiliza con su semblante calmado.

Él siempre poniendo paz y arreglando los desaguisados de su futuro marido.

Martín ha conseguido llegar hasta la ciudad después de que los policías del aeropuerto no encontraran nada sospechoso en su equipaje. Estirado en el catre, sigue con la mirada a un par de moscas que vuelan a su alrededor en la habitación de la pensión Mundial, su modesto alojamiento ubicado en la zona nueva de la ciudad de Ibiza. Observa atento el vuelo de los insectos, capaces de modificar su trayectoria como si se tratasen de diminutos aviones de combate que, de vez en cuando, aterrizan sobre él con el ánimo, piensa Martín, de tocarle los cojones. Se ha hecho una porra enrollando una revista, con la que intenta sin mucha fortuna deshacerse de tan incómoda compañía.

Suena el móvil. Es Balmes, su representante artístico, un cincuentón con pelaje de bohemio ochentero, al que le gustaría peinarse el tupé, pero que sólo puede peinarse la larga coleta que compensa su brillante calvicie, y que se metió a mánager cuando se dio cuenta de que nunca podría ser una estrella del rock and roll. En realidad, Balmes responde al nombre de Demetrio, pero se puso ese apodo recordando un viejo bar en el que pasó su adolescencia.

Le llama desde su vetusto, angosto, desordenado y desbordado despacho del barcelonés barrio del Raval, con un optimismo exacerbado, marca de la casa.

—¿Qué tal, chavalote?

—Psé…

—No te quejarás, te he buscado un alojamiento en el centro. Para que veas que tu representante se ocupa de ti. Pero te noto un poco bajo, compañero.

—Bueno, no sé si estoy en mi mejor momento para dedicarme al humor.

—Martín, Martín, Martín… Que no es para tanto, joder. Hoy en día que tus padres se divorcien no es tan raro. Mírame a mí, que ya me he divorciado cuatro veces. Pero tú eres un crack de la comedia, un artista nato, y los artistas natos y de raza como tú se crecen ante las adversidades. ¿Sabes dónde estaba Michael Jackson cuando murió su padre? En el escenario, dándolo todo. To-do. Estaba filmando *Mungualker* y agarrándose los huevos. Muy poco decoroso, sí, pero muy profesional.

—Pero si el padre de Michael Jackson está vivo, el que murió fue él.

—Ése no es el padre, ése es un impostor. El padre de Michael Jackson era blanco. Ahora entiendes muchas cosas, ¿verdad? Lo de su piel y todo eso… Bueno, Martín, mucha mierda. Y cualquier cosa que necesites, ya sabes, dame un toque. Por cierto, al final cerré tu caché en cien euros y no en trescientos. Está el mercado jodido. Un abrazo, machote.

Y con ese último titular, Balmes cuelga.

Martín se deja caer en la cama. Se siente una mierda, y eso las moscas lo notan. Resopla.

«¡Devuélvele los manguitos a tu hermano! ¡Que si se ahoga, te mato!»

«¡Pues déjame el móvil!»

«¡Mari, trae la cerveza y los Boca Bits!»

«¡No hay Boca Bits. Sólo hay Cheetos!»

«Quiero bailar contigo, vivir contigo, soñar contigo… Una noche locaaa… Aaahhh.»

«¡Cómprate unos auriculares, gorda de los cojones!»

«¡Que me ha pegao él primero! ¡Que es subnormal!»

«Síndrome de Down, Kevin; ese niño tiene síndrome de Down, ¿vale?»

Ésta es la banda sonora que va creciendo, como bola de nieve cuesta abajo, en la zona comunitaria del complejo de apartamentos Poseidón V, en el que se ha instalado la familia de Charly. «Zona comunitaria» es la forma eufemística de llamar a unos metros cuadrados de césped, cuatro pinos de pasado frondoso, unas hamacas dispersadas con más anillos en sus lonas que los propios troncos de los pinos, una piscina en forma de riñón con unas aguas tornasoladas por la mezcla de protectores solares con los que los bañistas se untan a bocajarro, y una ducha con el grifo triste porque hace tiempo que nadie la visita. Bienvenidos al barrio de Figueretas, a cinco minutos de la ciudad de Ibiza y al lado de la nueva playa de moda del mundo mundial, la playa d'en Bossa. Aquí puedes encontrar alojamiento con precios que oscilan entre los tres mil euros de la suite Diamond del Hard Rock Hotel y los cincuenta euros de las pensiones de la carretera de Es Murtar. Ibiza siempre ofreciendo un abanico de posibilidades.

Charly y Rebeca se han instalado en un apartamento junto con sus hijos y el perro, Ronnie. En el de al lado, pero comunicado por una puerta, está la suegra, madre y abuela, Angie. Al jolgorio proveniente del exterior se suma el de los niños corriendo por todas partes y los ladridos del can. Bratt se da un golpe en la frente con el marco de la puerta. Jennifer se ríe. Charly y Rebe, sentados en el sofá, no reaccionan. Parecen superados por el calor, la humedad, el barullo que llega de fuera, la hiperactividad de sus cachorros y sobre todo por su doble y prematura paternidad. Ese momento de agobio total se rompe un poco con la aparición de Angie, tocada con una pamela, unas gafas de sol y ya en biquinazo, luciendo figura.

—¡Voy a pillar bronce! ¿Vosotros qué hacéis?

La agotada pareja se mira entre sí con cara de no tener respuesta a esa *a priori* fácil cuestión. Angie arquea una ceja y sale del apartamento en busca del sol.

Rebe ha decidido que Bratt necesita un poco de hielo para frenar el chichón que se abre paso después del golpe. Charly saca su móvil y marca un número.

—¿Qué pasa, Deivid, nene? Sí, ya estamos aquí. ¿Cuándo nos vemos? ¿Para comer? —Charly mira a Rebe, que asiente sin mucha convicción—. Perfecto. Sí, sí, estamos muy bien, supertranquis…

Rebe remata esta última afirmación con un soplido que viene a decir: «Supertranquis por la parte de los cojones».

Qué mejor lugar en Ibiza para unos ingleses que los alrededores de la bahía de Sant Antoni de Portmany, y su emblemático barrio del West End. Han pasado muchos años desde que llegaron a esta bella ensenada los primeros turistas extranjeros que visitaban la isla, sin duda atraídos por las mejores playas ibicencas que se encuentran precisamente en esta zona. Pero ahora en el centro de Sant Antoni hay más *happy hours*, *beer's corner*, *fast food* y *drink and party* que otra cosa. Territorio ideal para la tribu de Liverpool comandada por Jeremy, que ha conseguido recuperar su equipaje y llegar finalmente al hotel Solimar.

Frente al mostrador de admisiones, el grupo se registra ante un impasible recepcionista al que no le llaman en absoluto la atención las magulladuras, los moratones y alguna que otra mancha de sangre en la ropa del sector masculino del grupo. Ha vivido situaciones peores y tal vez por eso su trato sea profesional pero seco, sin dejar hueco a un mínimo gesto de confianza para con unos huéspedes que sin duda pueden llegar a ser problemáticos.

—Siempre igual. Cualquier excusa os parece buena para liarla —le reprocha Debbie a su marido.

—Ha empezado ese puto gabacho al tirar la cerveza de Burns —contesta un Jeremy nada convincente en su defensa.

—Ni siquiera lo ha tocado, joder.

—Chicos, tengo las habitaciones —informa Liam.

Un botones se acerca a ellos con el ánimo de aligerarles la carga.

—Si tocas mi puta maleta, te mato —advierte Burns al joven aunque sin perder curiosamente el flemático tono británico.

El empleado, intimidado, se retira. Debbie dedica una nueva mirada de reproche a su marido y arranca en dirección al ascensor junto con una parte del grupo.

En ese trayecto, Mike, el hijo *teenager* de Stuart, se acerca a Amy y consigue que a ésta se le avinagre el gesto.

—Este año tengo habitación para mí solito. ¿Me harás una visita? —le propone un Mike al que le delata su babosa cresta hormonal.

—Que te follen —zanja Amy mientras toma distancia.

—Eso es lo que quiero, putita —susurra Mike.

Los otros dos adolescentes del grupo, menores que Mike —Ethan, hijo de Liam, y Sean, vástago de Burns—, se acercan hasta donde está.

—¿Qué tal con Amy? —pregunta Ethan.

—Ésta nos la va a acabar chupando a los tres. Conozco muy bien a este tipo de zorras —contesta un Mike sobrado.

Ethan y Sean reaccionan al comentario con una mueca

nerviosa, mezcla de sorpresa y deseo ante el aplomo de Mike.

El joven párroco Stefano, cargando su equipaje, se interna en el modesto hostal Tentazione de Dalt Vila, la parte antigua de la ciudad de Ibiza. El barrio, declarado por la Unesco patrimonio de la humanidad, alberga entre sus empinadas calles adoquinadas algunos rincones pintorescos. Por ejemplo, este restaurante-hostal en plena muralla, fundado por Frank Carlotti, un veneciano que llegó a estas latitudes a principios de los años setenta y decidió quedarse a vivir en la isla después de asistir a la inauguración de la discoteca Pachá en 1973.

No hay nadie tras el mostrador de la recepción. Stefano, comedido él, espera a que alguien aparezca. Pasa por su cabeza decir «Hola» o «Buenos días» para llamar la atención, pero no se atreve. Tiene calor, le gustaría darse una ducha para quitarse de encima ese sudor que hace que se le pegue la ropa al cuerpo y poder estirarse un rato en la cama. Cuando anda inmerso en esas menudencias, aparece Sylvana, una suerte de Michela Quattrociocche, con el pelo recogido y la piel brillante. La chica se coloca tras el mostrador y le regala una hermosa sonrisa de bienvenida. El joven religioso piensa lo bien que le sienta a ella ese tono acharolado en su cara y, sin embargo, lo sucio que se siente él.

—Buenos días, bienvenido.

—Hola, buenos días. Tengo una reserva a nombre de…

—Stefano Vasile, ¿verdad?

Stefano se ruboriza al sentir su nombre en boca de Sylvana. Ha sido como una caricia. Como una oración, un canto. Ha sido la hostia.

«¡La hostia no, la hostia no!», se corrige mentalmente Stefano.

—Tu habitación es la única que nos queda libre, por eso he sabido que se trataba de ti. ¿Me permites tu pasaporte?

Stefano, que continúa azorado, busca entre sus bolsillos el documento. Momento que aprovecha Sylvana para fijarse en él, porque, aunque la muchacha está acostumbrada a que los hombres se pongan nerviosos en su presencia, le resulta llamativa la singular torpeza en la manera de proceder de Stefano.

—Aquí lo tienes.

—Se nos ha estropeado el ordenador, así que tendré que hacerte el registro a mano.

Sylvana copia los datos del huésped en el libro de registro. Stefano se fija en la escritura de la joven. La letra es clara y redondeada.

—Tienes una letra muy bonita.

Stefano se sorprende a sí mismo por el comentario que acaba de hacer y todavía se inquieta más cuando recibe de Sylvana una nítida sonrisa entre cortés e inocente. O puede que no tan inocente.

—Gracias.

Sylvana le entrega la llave de la habitación.

—Habitación 212, segunda planta. Sigue este pasillo y encontrarás la escalera. Espero que tengas una estancia agradable.

—Eres muy amable —contesta Stefano al tiempo que coge la llave de la mano de Sylvana, lo que provoca que por un segundo se rocen piel contra piel.

—Bonita camisa.

El incógnito páter se encamina turbado hacia el pasillo y sólo cuando llega a éste respira aliviado.

Una vez en la habitación, Stefano deshace la maleta. Entre sus efectos personales aparece un crucifijo que coloca en la mesilla de noche y una pequeña Biblia que sujeta con las dos manos a modo ceremonial, y a la que dedica una mirada cargada de afectación. Acabado el rito, decide darse la deseada ducha. Después, con renovada frescura, el joven se dispone a cerrar las cortinas para abandonarse unos instantes al sueño que le invade.

Va hacia la ventana y se asoma. El rostro se le desencaja, los brazos se le agarrotan y los pies se quedan clavados al suelo como a un Cristo de bajo presupuesto al descubrir que en la azotea del edificio que tiene delante hay tres espectaculares mujeres tomando el sol en topless. Cierra la cortina, vuelve a ponerse de rodillas y comienza una nueva plegaria.

«Esto no va a ser fácil.»

Hay tantos tipos de arroz como tipos de chiringuitos. Está el arroz caldoso con bogavante —para los pudientes—, el arroz del *senyoret* o Parellada —para los vagos—, el de verduras —para los amantes de la huerta—, el de setas —para el otoño—, el arroz a banda, el negro con sepia y alioli, el *arrosejat*, el arroz con costra, con conejo, y así, una interminable lista. Pero éste es un chiringuito de medio pelo y sobre una de las mesas hay una paella. Una típica paella de marisco, con sus mejillones —de vivero—, sus calamares —resecos—, sus almejas —deshabitadas— y sus gambas —congeladas—. Todo ello acompañado por un arroz amarillo, artificial y estandarizado, pero en este caso milagrosamente al dente. Y un dato importante: es un plato caro para la maltrecha economía familiar de Charly. Si hubiera escuchado a Deivid habrían ido a comer un pescadito fresco a la plancha al chiringuito de la María en Sa Punta y hubieran salido ganando de todas todas; pero querer paella conlleva esos riesgos. Aunque como estamos en verano, un día es un día, y por la noche el pan de molde y el jamón de York compensarán el dispendio del mediodía.

En ese escenario de distensión, Charly, Rebe y Angie charlan con Deivid, un colega de Charly desde que eran críos que se fue del barrio hace tiempo. Mientras tanto los niños y el perro van de mesa en mesa para relajo de sus padres y sufrimiento del resto de los comensales.

Deivid reside en la isla. Hace unos años que decidió instalarse y dedicarse a vender objetos de artesanía. Desde entonces engrosa el tropel de orfebres, creadores, menestrales, plateros, tejedores y demás artesanos de tenderete que hacen de Ibiza su epicentro vital.

—¡Joder, nene! Cuánto tiempo, ¿no? —comenta Deivid.

—Ya te digo… Desde que te viniste a vivir aquí.

—Justo un año después de que te casaras, colega. ¿Cinco añitos?

—Van para ocho, Deivid —matiza una Rebe que no pierde detalle.

—Cómo pasa el tiempo…

—¿Y tú vives aquí todo el año? —le pregunta Angie a Deivid.

—Sí. Hago pulseras y collares durante el invierno y los vendo en verano. Suficiente para ir tirando. Y para hacer algún viajecito a la India o Bali para pillar material.

—¡Uf! Yo no podría —replica Angie.

—Pues Bali está muy bien…

—Digo que no podría vivir aquí todo el año. En veranito sí, pero ya está —matiza la suegra.

Un grito, seguido del llanto sincopado de Bratt, rompe el

clima de la mesa y alegra perversamente a los demás clientes que han sido testigos de cómo uno de los bogavantes del acuario le ha propinado un buen pellizco al inquieto chaval. Jennifer, su hermana, se descojona. Rebe se levanta de la mesa renegando sin saber todavía si consolar a su hijo o darle una colleja.

—Menuda pieza este Bratt, ¿eh? —comenta Deivid.

Charly esboza una sonrisa que es más bien un lamento.

Angie desconecta y, ajena al follón que se ha montado, aprovecha para dar un repaso a las otras mesas y si se tercia lanzar una mirada seductora a alguno de los presentes.

«Qué perra me pone esta isla, ja, ja, ja. Dios, necesito un chupito de hierbas.»

La cigarra entona su canto para atraer a la hembra de su especie; emite el sonido gracias a las membranas conocidas como «timbales», situadas en el primer segmento abdominal, y a sacos de aire que funcionan como cajas de resonancia. Otra de sus peculiaridades es la muda de piel; al salir de ésta deja un duplicado exacto de sí misma, pero vacío. Como el estómago de François, que en esos momentos ruge cual descarga de cisterna, al tiempo que piensa que no le importaría beberse toda el agua de uno de esos depósitos.

Está exhausto y ha improvisado con su camiseta interior una especie de tocado que le confiere un aspecto entre Lawrence de Arabia e invitado de boda pasado de tragos. Permanece sentado con la espalda apoyada en una higuera al pie de la carretera.

De repente, oye el motor de un coche y mira a ambos lados en busca de la procedencia del canto mecánico, hasta que aparece un vehículo por uno de los extremos del poco frecuentado camino de tierra. François se levanta como un resorte y opta por la clásica posición de autoestopista, pero no le sirve de nada porque la berlina pasa de largo. La limusina Hummer de ocho metros de largo y color rosa chicle, al no circular a gran velocidad, le ha permitido constatar a François que el conductor le brindaba una cínica sonrisa.

—¡Cerdos españoles! —grita con rabia, botando sobre la gravilla del arcén como si quisiera convertirla en polvo.

En el robusto y lujoso vehículo viaja una ausente —por no decir embriagada— Tiffany London que ni ve ni escucha ni percibe nada que no sea su cuenta de Twitter en un iPhone último modelo.

François decide ponerse en marcha siguiendo la estela de la limusina cuando vuelve a sentir otro motor que se acerca. Lo intenta de nuevo. Esta vez el vehículo, una desvencijada furgoneta *pick-up* llena de aperos de labranza, jaulas y balas de paja, se detiene a su altura. Al volante, Toni Planells, un payés sexagenario de piel atezada y acecinada, que habla con un cerrado acento ibicenco.

—Por el amor de Dios, qué hace en medio de la carretera con este calor. Suba, hombre —le invita el agricultor, al tiempo que le abre la puerta.

—Muchas gracias, caballero. No sabe usted lo que me ha pasado —le dice en francés el descompuesto cocinero.

La furgoneta arranca.

—No le entiendo nada, pero tenga, échese un trago, que si no se va a deshidratar.

François coge la botella y se la lleva a la boca sin pensárselo un segundo, y menos tiempo tarda aún en escupir por la ventana el licor que le ha abrasado la garganta.

—Pero ¡qué mierda es esto! —se queja François.

—El primer trago siempre es un poco fuerte. Es un aguardiente que hago en casa. Es natural, todo natural.

Mientras la furgoneta avanza, François respira aliviado aunque no puede evitar mirar por el rabillo del ojo a aquel individuo de rudos ademanes.

A unos cuantos metros del chiringuito de la playa de Talamanca rompen pequeñas olas convertidas en lametones salados que mojan los pies de Charly y Deivid. Los colegas se están fumando un porrito en la orilla mientras el resto de la familia ha decidido dar un paseo por la bonita pasarela de madera que rodea toda la cala, para digerir el almidón de la paella y de paso consumir algo del incombustible remanente energético de Bratt y Jennifer. Charly se muestra un tanto pesimista.

—Soy un viejo a los veinticinco años.

Deivid, no se sabe muy bien si por su consumo habitual de drogas o porque sí, tiene un arranque de reflexión filosófico-ferroviaria.

—Yo pillé el tren, Charly, y tú te quedaste en la estación. Hay trenes que sólo pasan una vez y los tienes que coger en marcha. Hay otros que se escapan y no vuelven. Y hay algunos… que te atropellan.

—¡Joder! Y tanto. Pues eso me ha pasado a mí, colega, que me ha pillado un cercanías.

—Venga, tronco. Estás en Ibiza. La isla mágica donde puede pasar de todo. Deja que fluya la energía.

—A ver si me vas a salir ahora con el *Be water, my friend*.

—*Be water. Be wind. Be bop a lula.*

El porrito cambia de manos. Charly se relaja.

—Te hace falta una buena fiesta, *my friend*.

—A eso he venido, Deivid. A eso he venido.

—Tú déjame a mí que yo lo organizo.

Y calada va, calada viene, como las olas.

Ni haber nacido en Krypton, ni haber sido picado por una araña radiactiva, ni tener acceso a la sofisticada tecnología de las Industrias Wayne te confiere tanto poder como la pulsera *all including* que ahora mismo lucen en sus muñecas Jeremy, Stuart, Liam y Burns, y que les permite ir combinando la cerveza con una —para ellos— milagrosa medida de whisky. Y es que pasar del dedal de malta que sirven en Liverpool al pozal *on the rocks* que se escancia en el bar al pie de la piscina del hotel Solimar transforma a cualquier hijo de la Gran Bretaña en un auténtico superhéroe. No es extraño que algunos acaben pensando que pueden volar e intenten el chapuzón en la piscina desde el balcón de la habitación.

Los cuatro colegas se escalfan el gaznate y también su piel tatuada, que empieza a coger ese tono de marisco cocido tan apreciado en el norte de Europa. Unos tatuajes, por cierto, en los que bulle parte de la historia de cada uno de ellos como activos seguidores del Liverpool. Sobre la barra de madera, entre las jarras de cerveza, los vasos Riedel en los que el whisky hace sudar el hielo y un par de boles con restos de frutos secos se encuentra la urna con las cenizas del quinto amigo, Henry.

Stuart se queda mirando fijamente el culo de una bañista.

—A ésa me la tiraba otra vez.

El grupo le ríe la gracia.

—¡Brindemos por eso! —demanda Burns.

Y así lo hacen. Sus bocas son coladeros por donde desaparece primero la cerveza y después el whisky. Liam empieza a golpear con la mano la barra. Sus amigos le siguen y añaden a la improvisada percusión un gruñido simiesco dirigido al camarero, un sonido que significa «Pon otra ronda o te quemamos el garito».

Desde la zona de las hamacas, justo al otro lado de la piscina con un delfín dibujado en el fondo, Debbie observa el comportamiento de los hombres y acepta la situación con cierta resignación. En las hamacas contiguas, Vicky, Marjorie y Carey están absortas con su selección de *gossip magazines* —*OK!*, *Closer*, *Now*, *Heat*...—, publicaciones a las que hacen caso omiso durante el año, pero cuya frivolidad se hace imprescindible en verano, ya que alivia mucho ver que actrices y cantantes millonarias tienen estrías, cartucheras y celulitis cuando se muestran en biquini. Completa el bodegón una generosa cantidad de protectores solares, *snacks*, refrescos y botellas de agua.

—Vaya, los Cameron están otra vez en España de vacaciones —informa Marjorie pasando la página del *OK!*

—Cada vez que veo a la mujer del primer ministro británico me vienen a la cabeza las carreras de caballos de Ascot. Bueno, más los caballos que las carreras —confiesa Vicky con cierta malicia.

Carcajada general.

—Ay... Ésta es la época del año más feliz para mí. Todos juntos con Henry año tras año. ¿No os parece maravilloso? —continúa Vicky.

Debbie se la queda mirando por encima de la montura de las gafas de sol; no se atreve a contradecirla y opta por no pronunciarse para no ofender a Carey, la viuda de Henry.

—Ya que vosotras no cuidáis de vuestros maridos, lo haré yo. Voy a ponerles crema para que no acaben en la unidad de quemados —dice una resuelta Carey, que se levanta de la hamaca con el fotoprotector en la mano. La mujer se acerca hasta ellos, que celebran su llegada, y comienza a ponerle crema a Stuart.

—Todos tuyos —deja caer Vicky con una mezcla de desgana y alivio.

—Sé que no está bien decirlo, pero siento una pena infinita por Carey. Ha tenido muy mala suerte en esta vida. No sólo por haber perdido a Henry, sino por no encontrar a alguien que llene el hueco que él dejó —comenta una sentida Marjorie.

—Un hueco que no es pequeño —remata la incisiva Vicky, que no puede evitar reírse de su propio chiste. Ahoga rápidamente el alborozo y se concentra en las páginas del *Closer* cuando nota que nadie la secunda.

—Voy a tocarle la cola a ese delfín —anuncia Marjorie, y se aproxima al borde de la piscina para lanzarse de cabeza sin pensarlo.

Mientras tanto Debbie contempla, desde su posición, que Carey se entrega al ritual de la protección solar en la piel de Stuart de la misma solícita forma que una masajista balinesa. A Debbie le parece demasiada entrega. «Excesiva», piensa. Y no se trata de un superpoder. O tal vez sí, porque es pura intuición femenina inglesa.

Lo primero que percibe el parisino François cuando baja de la camioneta es un inconfundible olor a mierda. A estiércol, para ser exactos, pero no está como para ponerse muy sofisticado. Poco a poco su olfato distingue otras esencias: el áspero aroma que desprende la higuera, el cálido vaho de las tomateras, la dulce fragancia del jazmín o el terroso efluvio de la tierra mojada. Esa tierra roja y fértil que abunda en la bella zona del Pla de Corona, en el interior y desconocido para la mayoría campo ibicenco.

Le resulta agradable la pequeña hacienda encalada, de porches de cañizo y buganvilia, salpicada de pequeños atolones ocupados por diferentes especies de viñedos, y un horizonte de oliveras. Hay una nave anexa que da cobijo a las bestias. François distingue el gruñido de los cerdos, el mugido de los rumiantes, el bufido de algún cuadrúpedo; no tiene claro si se trata de un caballo, una mula o un burro, aunque tampoco le importa demasiado. A su aire circulan por la finca gallos y gallinas, y, a juzgar por las heces en forma de canica, como cuentas de un ábaco descoyuntado, alguna que otra cabra u oveja. Las cigarras están presentes en un segundo plano, y en el abrevadero de piedra sacia su sed un puput.

A François le llama la atención el singular pajarraco de plumaje rojizo, que porta en la cabeza un penacho como el tocado de un jefe arapahoe. De hecho, aquel rincón del mundo le parece ahora una reserva india; y más aún cuando aparece en ese instante, de entre las duras sombras, la Pocahontas que allí habita. Despreocupada va esparciendo granos por el suelo para que acudan las gallinas. Es Aina, la hija de Toni. No parece haber cumplido los treinta y se mueve con la misma calma que impera en esa parte de la isla. Viste una camisola de algodón, que acompaña cada uno de sus movimientos; lleva el pelo recogido, dejando al descubierto la rotunda curva de su nuca. A François le viene a la cabeza la Liv Tyler de *Belleza robada*. Aina le dedica a François una mirada limpia, pero el francés encaja el gesto como los dos huesos que atraviesan la piel de Richard Harris en *Un hombre llamado caballo*. Un pinchazo que más que dolor es la punzada con la que empieza el deseo.

—Hola —saluda Aina con una amplia sonrisa.

—Hola —contesta François, que por primera vez en su vida usa una lengua que no es el francés.

Stefano está sentado en una de las mesas del comedor del hostal dando pellizcos a un bollo de pan. Se acerca Sylvana, libreta en mano.

—Hola. De primero tenemos ensalada tricolore, berenjenas a la parmigiana, bresaola…

—Perdona, verás… Tengo curiosidad por saber qué lugares de la isla consideras que pueden ser más interesantes —la interrumpe Stefano.

—¿Para hacer una excursión?

—No exactamente.

—Ah, claro, entiendo. Acompáñame.

Sylvana piensa que ha topado con el típico italiano que viene a ligar a las Pitïuses. La pareja sube las cuatro plantas del hostal por una angosta escalera hasta llegar a la azotea. Ella le abre paso entre las sábanas tendidas y después se detiene en un punto concreto de la terraza.

—Bueno, ahora te explicaré todo lo que un italiano que se precie debe saber y conocer de un lugar como éste.

Sylvana señala en una dirección. Stefano atiende con interés.

—Ahí está el puerto. El lugar donde cada tarde empieza todo. Bares, restaurantes, tiendas y, cómo no, el ferry para Formentera. ¿Irás a Formen?

—Creo que no.

—Pues eres el único italiano que no lo hará.

Sylvana cambia la dirección de su dedo índice.

—Si lo que te apetece es bailar, por ahí tienes Pachá —comenta moviéndose y señalando hacia diferentes lugares—.

Por ahí Amnesia y Privilege. Y en esa otra dirección Space y Ushuaïa. Si lo que te va es el ambiente gay…

A Stefano se le desencaja el rostro. Sylvana se percata, pero continúa. Le hace gracia haberlo incomodado.

—… Mejor que empieces por la calle de la Virgen y el paseo de Figueretes. Por supuesto, hay muchos más lugares, pero para esta noche creo que tendrás suficiente.

—Claro, claro… Muchas gracias.

—De nada. ¿Piensas ir solo?

—Eh… No, qué va. He quedado con unos amigos —contesta Stefano mintiendo de forma apurada.

Sylvana sonríe con cierta malicia.

—Diviértete.

—Sí, claro… La noche es joven, ¿no?

Sylvana ríe por la torpeza de su comentario. Stefano se siente ridículo.

El DJ holandés Robbert van de Corput, conocido artísticamente como Hardwell, va subiendo los decibelios de su sesión en Ushuaïa. Los sonidos graves de *Spaceman*, uno de sus temas estrella, se extienden por la playa d'en Bossa y llegan hasta el apartamento donde Charly y Rebe cenan con desgana en el balcón. Pero ni ese insistente bombo rompe la monotonía de la pareja. De manera mecánica intentan que los tenedores cargados de espaguetis entren en las bocas de sus vástagos, que a esas horas ya dan cabezazos de sueño. Ronnie, el perro, lame con fruición el platillo en el que antes había bolas de pienso. Filtrada por la pared y proveniente del apartamento de al lado, la versión de *Always on My Mind* de Pet Shop Boys se va imponiendo al tema de Hardwell. Charly y Rebe cruzan miradas de circunstancia debido al volumen de la música.

Al otro lado, al ritmo del dueto británico, Angie se está arreglando y poniendo guerrera para salir.

> *Little things I should have said and done,*
> *I never took the time.*
> *You were always on my mind.*
> *You were always on my mind.*
>
> *Tell me, tell me that your sweet love hasn't died,*
> *give me one more chance to keep you satisfied.*
> *You were always on my mind.*
> *You were always on my mind.*
> *You were always on my mind.**

¡Plof! La cabeza de Bratt aterriza sin avisar en el plato de pasta. El sueño ha vencido al hambre por goleada. Su hermana ya no tiene ni fuerzas para reírse de él. Rebe mira a su marido; éste entiende que es su responsabilidad y se levanta cansinamente, arrastrando los pies. Con una servilleta húmeda le retira los restos de boloñesa de la cara al niño y, cargándolo como un fardo, se lo lleva a la cama.

—No puedo más —acierta a decir Jennifer con la boca demasiado llena.

—Yo tampoco —contesta su madre.

Frente al espejo del baño de una de las suites de Villa Tur, Lukas y Mathias también se acicalan para salir. Encima del

---

* Pequeñas cosas que debería haber dicho y hecho, / nunca me tomé el tiempo. / Siempre estás en mi mente (bis). / Dime, dime que tu dulce amor no ha muerto, / dame una oportunidad más para mantenerte satisfecha. / Siempre estás en mi mente (bis).

mármol del lavabo están dispersos varios productos, todos a pares: crema hidratante, gel desincrustante antifatiga, desodorante —en *stick* y con vaporizador—, tensor de ojos, crema *anti-age*, gel y espuma de afeitar, *aftershave*, fotoprotector, sérum antiarrugas, mascarilla para el cabello y una amplia gama de fragancias: Sel de Vétiver, Blue Cedrat, Antaeus, Nuit de Tubéreuse y 1804. Hay perfumerías con menos stock y pocas personas que tengan la habilidad —casi octópoda— de Lukas y Mathias para combinar todo este muestrario con tanta precisión y velocidad.

—Tengo que decirte que no me ha gustado nada la escenita que has montado delante del tipo al que tú mismo contrataste para organizar la boda. —La frase de Mathias no deja de tener el temple de siempre, pero va acompañada de un cierto reproche.

—Sabes que no puedo evitarlo, mi amor. Necesito controlarlo todo —responde Lukas sin dejar de mirar, en el amplio espejo, cómo le queda su nueva adquisición de Dolce & Gabbana—. ¿Crees que esta camisa me hace más gorda?

—Pues deberías empezar por controlar tu carácter. Y sí, esa camisa te hace más gorda, cariño.

Lukas vuelve a escrutarse en el espejo, suspira y empieza a quitarse la ropa mientras refunfuña.

—Putos patronajes italianos —concluye. Después se acerca a Mathias, que está ajustándose el reloj Tag Heuer, y cambia el tono—. Lo siento, marido mío. No quiero que nos enfademos por tonterías como éstas. —Abraza a Mathias por detrás y le besa en el cuello. Éste afloja su enfado—. Sólo quiero que todo sea perfecto.

—Me conformo con que sea bonito. Hagamos que sea bonito, así que intenta moderar tus impulsos.

—¿Todos? —Lukas aumenta la pasión de sus besos y le aprieta la bragueta de los vaqueros Dsquared.

—No, basta con que controles sólo ese pronto tuyo… y tu rabo.

Lukas no puede reprimir la carcajada.

—Qué perra eres —le dice a Mathias con una sonrisa. Sabe que le ha perdonado.

De repente, pasados unos minutos, Lukas nota un extraño olor. Olfatea intentando escudriñar la naturaleza del hedor. Cruza su mirada con la de Mathias, que sonríe con malicia.

—Es horrible, lo has hecho…

—Estamos en el baño y no he hecho ruido.

—¡Qué importa eso! ¡Huele fatal!

Lukas coge el bote de 1804 y empieza a vaporizar a Mathias con el perfume.

—¡Oh, Dios! Para, me ha entrado en los ojos. ¡Agua! ¡Agua! ¡Agua!

Lukas abre el grifo y ayuda a Mathias para que acerque la cara al chorro de agua.

—¡Pica mucho!

Lukas ríe, pero tapándose la boca para evitar que Mathias le oiga.

—¡Sé que te estás riendo! —grita irritado Mathias mientras intenta aplacar el escozor en los ojos.

—No es cierto, cariño —dice Lukas justo antes de desternillarse.

Stefano deambula por las calles del puerto de Ibiza, el primer lugar que le ha indicado Sylvana. Y como ella le dijo, parece que todo el mundo calienta motores. Observa entre curioso e inquieto al personal con el que se cruza. En las terrazas y los bares, las diferentes discotecas publicitan sus eventos; organizan pasacalles que son una verdadera fiesta y reparten *flyers* y pulseras vips, semivips y normales. La comitiva de la fiesta Matinée, escasos de ropa y abundantes en musculatura y carne a la vista, monta su show en las terrazas de los bares Zurito y MarySol, imprescindibles epicentros de esa zona a primera hora de la noche. Stefano se santigua mentalmente ante aquel despliegue de… No sabe muy bien ni cómo definirlo. Sigue caminando y llega a la puerta de otro local donde ya lucen los chupitos en la barra. El portero lo para directamente con la mirada. El repaso es de pies a cabeza.

—¿De dónde sales tú? —le pregunta el segurata.

El joven sacerdote no contesta, se encoge de hombros y se va de allí aumentando su timidez con cada paso. Sólo parece sentirse protegido cuando es absorbido por la masa de gente y deja de notar la mirada del cancerbero en su chepa. Le viene a la mente san Pedro y la idea de no poder entrar al paraíso por la pinta que lleva. «No hay cielo para ti, chaval, mientras calces esa mierda de zapatillas.» Stefano decide quitarse esa estúpida idea de la cabeza y cuando nota que ha recuperado algo de músculo prueba suerte en otro local. Esta vez se mezcla con un grupo de italianos, pero el mazas que hay en la puerta lo ficha enseguida.

—No —le dice.

Apenas un monosílabo y Stefano gira ciento ochenta grados, consumido por una vergüenza que no es capaz de entender, pero que le sube desde la rabadilla hasta perlarle la frente.

Aunque no se da por vencido y prueba en otro local.

—No.

Y en otro.

—No.

Y uno más.

—No.

Y otro más.

—No.

Stefano, ahora sí rendido ante su intento, accede por unas escaleras a la parte antigua de Dalt Vila. Caminando por una calle poco transitada se le acerca un tipo a punto de abandonar la cincuentena, con el flequillo aplastado y pinta de haber viajado en el tiempo y venir de los peores años setenta.

—¿Un chupito? —le pregunta a modo de invitación el hermano mayor de Betty la Fea blandiendo un *flyer*—. Además tenemos karaoke —le informa sonriente y mostrando un diente de oro.

El solo hecho de que le dejen entrar a un garito hace que Stefano le siga.

El local al que llegan bien podría ser una mezcla de dos universos: el de Fellini, con la lentejuela, el luto, el sobrepeso, las sonrisas melladas y el humo; y el del dibujante Nazario, con los travestis, el colorín, los chulazos y un alto contenido sexual. La tapicería de la barra, los sillones y los taburetes está horadada por los cráteres que el tiempo y las pavesas han dejado. En cuanto a las paredes, hay fotos de Sara Montiel, María Félix y otras divas encima de un alicatado general formado por decenas de espejos que proyectan una infinita decadencia. También hay fotos antiguas de gente que recaló en algún momento en ese sitio que huele a humedad y desinfectante y, por el color mortecino de las instantáneas, también en esta vida… La clientela es variada, aunque la mayoría ha superado las sesenta primaveras y los trescientos de colesterol. Y también algún jovenzuelo, detalle que llama la atención del clérigo, ya que no puede imaginarse que algunos de esos chavales anden por allí con la insana intención de ganarse unos euros de mala manera.

Stefano, sentado a la barra, bebe de su chupito mientras asiste como espectador a la interpretación de la copla *Alacena de las monjas* a cargo de una clienta —o cliente, según se mire el aspecto físico o el DNI— con el pelo teñido de tono violáceo. La vista no le da para leer la letra que aparece en los monitores, pero no le hace falta porque se la sabe de memoria.

En el convento de las esclavas de santa Rita
andan las monjas dale que dale por la cocina,
con las sartenes y las perolas en los fogones,
y las tinajas llenas de tortas de chicharrones.

Stefano no da crédito a lo que está viendo y bebe absorto el agradable licor dulce que le han servido.

—¿Qué? ¿Otro chupito de Mari Mayans? —le pregunta un camarero que no desmerece ni al local ni al catálogo de lentes y monturas de General Óptica de 1967.

El joven afirma con la cabeza y se deja llevar, aunque sólo sea por entender qué es lo que está sucediendo en aquel rincón del mundo en el que ha aterrizado.

Lukas y Mathias pasean cogidos de la mano por la calle de la Virgen. Ha llovido mucho desde que Ibiza fue proclamada «destino ideal para los gays», con el permiso de Mykonos y Sitges, y la oferta de ocio homosexual se ha diversificado muchísimo. Que si la fiesta Matinée, que si la fiesta de La Troya, que si la playa del Chiringay, que si Cala Pluma... Pero un paseíto por esa calle estrecha y sinuosa que atraviesa la parte vieja de la ciudad es imprescindible, tengas la edad que tengas y vayas del rollo que vayas; seas oso, *leather*, *sneaker*, *drag queen*, loca, musculoca, *rubber*, *smoker*, *fashion victim*, *biker*, *gay skin*, *chase*, *barebacker*... En algún momento del verano, quienes visitan la isla tienen que dar una vuelta por esa calle y pasar ante la pequeña imagen de la Mare de Déu que preside la entrada. La tradición manda. Y eso es lo que hacen los dos novios berlineses, más acaramelados que nunca después de haber cumplido con la infalible secuencia que se repite tras cualquier discusión entre enamorados: pelea-sexo-reconciliación.

Mathias observa algunas de las tiendas y disimula cuando se siente reconocido por algún turista germano. Hay murmullos a su paso, pero la discreción se impone. Lukas, en cambio, más a gusto con su papel de *celebrity* televisiva reconocible, reparte sonrisas y guiños mientras observa con mirada felina lo que se mueve a su alrededor, especialmente a un grupo de jóvenes que, con ajustados pantalones y camisetas, se apoyan en la pared y les sonríen.

—Por fin algo que vale la pena —musita Lukas.

Mathias repara en el grupo de chavales. Para él está claro que no dejan de ser unos chaperos de tres al cuarto, pero sabe de la debilidad de su pareja y no le queda otra que seguirle el juego.

—Perdonad, ¿conocéis un lugar por aquí para tomar una copa tranquila? —Cuando se trata de ligar, Lukas puede llegar a tener un español casi perfecto.

Uno de los chavales, de pelo, piel y ojos morenos, toma la voz cantante:

—El Cargo es un buen sitio para empezar —dice, y les hace un gesto para que le sigan.

Y así, en un pim pam, y después de algunos cuantos chupitos más —los del Cargo, la Muralla, el Ánfora y otros lugares de los que ya no recuerdan el nombre—, la pareja acaba a solas en su casa con el chaval que les hizo la primera indicación. El pobre, de llevar la voz cantante ha pasado a tener una buena cogorza, incrementada por gentileza de Lukas, que se ha ocupado de ponerle un poquito de MDMA en las copas.

Mathias le da al *play* del MP4 del comedor, y suena la *Salomé* de Strauss interpretada por Montserrat Caballé. Al cabo de unos minutos, a la afinada voz de la soprano se le unen unos gemidos de placer y quejidos de sufrimiento provenientes del dormitorio.

Hay tres cosas que inquietan en estos momentos a François en el comedor de macizos muros de la casa payesa: la avispa que le sobrevuela y le obliga a gesticular de forma sincopada, los espasmos de su hambriento estómago al sentir el aroma del guiso del que pronto dará cuenta y cada uno de los movimientos de Aina al poner la mesa. François tiene ahora mejor aspecto, ha podido ducharse y le han dejado algo de ropa limpia. Él y la familia Planells están sentados alrededor de la robusta mesa de madera. Aina sirve un *sofrit pagès*.

—Qué bien huele —comenta un extasiado y canino François.

—Esto se llama *sofrit pagès*. Es muy bueno y natural, todo natural —le explica Toni.

—No le entiendo —responde el francés gesticulando—, pero está muy bueno.

—Lo que está comiendo se llama *sofrit pagès*. Es un plato típico de la isla —le dice de nuevo Aina.

—¿Habla francés? —le pregunta un sorprendido François

con cara de panoli y tratándola de «usted», como suelen hacer los franceses —y también los belgas— cuando la relación del tipo que sea es incipiente.

—Un poquito y no muy bien —responde Aina mientras le sirve ese guiso mezcla de cordero y pollo, patatas, verduras y las dos variedades de embutido típicas de la isla: la sobrasada y la butifarra, que le aportan ese sabor característico.

—Lo habla perfectamente —miente François, pero el poder comunicarse en su lengua bien lo vale. Y además el acento de Aina lo ha dejado embelesado.

—Muchas gracias.

—¿Le has dicho que todo es natural? —le pregunta Toni a su hija—. Todo natural, oiga; absolutamente todo —le remarca ahora al francés elevando el tono, porque piensa que ese recurso le ayuda a hacerse entender.

François asiente mientras come con apetito. Aina sonríe. Ambos cruzan sus miradas hasta que el ruido de un golpe seco les hace desviar la atención.

—*L'avispa dels collons!* —comenta un resuelto Toni—. Ya podemos comer tranquilos.

Y así lo hacen.

En el pequeño escenario ubicado en el bar del Teatro Pereyra, y gracias a las gestiones de su representante, Martín se dispone a actuar. El Pereyra es un acogedor local con música en directo y actuaciones situado en el centro de la ciudad. El hall del teatro hace las veces de bar y sala de actos, a la espera de que alguien quiera recuperar el maravilloso espacio interior, en ruinas desde hace demasiados años.

El público está más pendiente del teléfono móvil y de

pedirle al camarero una copa que de lo que el artista pueda contarles. Pero los cómicos que actúan en locales de copas, si no cogen el toro de la indiferencia por los cuernos, están muertos. Así que Martín mete la primera.

—Esta semana se han separado mis padres. Ya les he dicho que podían haberlo hecho hace diez años, cuando yo era un crío, así ahora tendría dos casas, dos Plays, dos Wiis y dos Xbox… Pero bueno, supongo que si les chantajeo un poco, competirán por ver quién me regala antes un móvil nuevo. Para superar esa noticia, decidí venir a Ibiza. Busqué billetes baratos, pero creo que es más económico volar a Tailandia que a esta isla. Al final encontré una compañía barata. Muy estricta con el equipaje a facturar, eso sí. Una señora ha tenido que pagar el peso extra de su bebé porque no le contaba como equipaje de mano. De hecho un empleado quería poner al crío en la bodega pero los padres se han negado.

Se escuchan algunas risas entre el público presente. Martín embraga y pone segunda.

—Los asientos eran algo incómodos y con poco espacio. En lugar de sentarte en forma de cuatro, no llegabas ni a dos y medio. Si me hicieran una ecografía de mis riñones saldrían marcadas las rótulas del tipo que iba detrás de mí. Eso sí, el vuelo ha sido entretenido: todo el rato sonando música a todo volumen, la tripulación vendiendo cosas, haciendo sorteos… Te entran ganas de secuestrar el avión y estrellarlo para ver si puedes descansar un poco. Nada más aterrizar me ha parado la Guardia Civil en el aeropuerto. Me han metido en un cuarto, me han dicho «desnúdese» y me han hecho una inspección completa. O sea que podré contarles a mis nietos que perdí la virginidad en Ibiza con un cabo de la Benemérita. Era guapo el cabo… Pero no me dio ni un solo beso.

La clientela va entrando en el monólogo y se empieza a reír. Martín lo nota. Se salta la tercera y pone directamente la cuarta velocidad de la risa.

—Estoy en un hotel... Bueno, dile hotel, dile hostal, dile pensión, dile tienda de campaña, donde no sirven desayunos. En realidad tienes que salir a cazarlo. Las disputas con las cucarachas son tremendas. Esta mañana he tenido que matar a tres para conseguir una magdalena. Al principio pensé que la magdalena llevaba tropezones de chocolate, pero entonces vi cómo se movían.

»Pero no todo han sido malos momentos desde mi llegada a la isla. La vida, ya se sabe, tiene su manera de recompensarte. Parece que a una chica llamada Tiffany London le he caído bien. ¿La conocéis? Es una chica muy sencilla. Y noto que hay conexión entre los dos. A lo mejor me presenta pronto a su padre. ¿Quién sabe? Igual en esta isla se cumple mi deseo de conocer el amor de verdad. Ya os iré contando. ¡Buenas noches!

El público finalmente ha entrado al trapo y acaba aplaudiéndole con fuerza.

La humedad se ha pegado a las calles por las que camina un Martín sonriente. Al final no ha sido una mala noche. El dueño del local ha quedado contento y le ha dicho que vuelva otro día, y algún espectador acabó felicitándolo. El joven humorista piensa cuál de las dos cosas es más importante: que te sigan contratando o que la gente lo pase bien, aunque seguro que una cosa lleva a la otra.

Las cavilaciones del cómico son interrumpidas por un claxon. Martín mira hacia un lado y ve una gran limusina rosa. El vidrio tintado de la ventanilla del copiloto desciende y deja ver al conductor del vehículo. Un tipo con pinta de pocos amigos, de rudo aspecto, ex boxeador a juzgar por las cicatrices que surcan su rostro, que podía ser un primo lejano del Bruce Willis de *Pulp Fiction* y que no se anda con rodeos.

—Muy buenas, chaval. Sube. Te han invitado a una fiesta.

La frase no es una orden, pero se le parece mucho, y la voz rota del conductor, como su nariz, no deja mucho espacio para las dudas.

—¿Cómo? —Martín está más preparado para lidiar con un mal público en un garito de mala muerte que con un chófer de limusina.

—Sube y te explico la vaina por el camino.

Martín no lo acaba de ver claro. El chófer se remueve y no puede evitar mirar con cierta condescendencia al joven.

—Venga, chaval, no seas tan desconfiado. ¿O crees que voy a secuestrarte con una limusina rosa de ocho metros? Y sobre todo, ¿a cambio de qué?

La limusina avanza un poco, lo suficiente para que la puerta trasera quede a la altura de Martín. Clic, se abre automáticamente. No hay nadie dentro. Y el chaval no se lo piensa más. Tampoco tiene nada que perder, y tiene mejor pinta la tapicería de los amplios asientos del coche que las cucarachas que le esperan en su habitación.

Tras subirse al vehículo, la puerta se cierra también de manera automática, y la limo abandona el centro de la ciudad incorporándose a la autovía.

Martín, hundido en el asiento trasero de la limusina, observa con curiosidad un mundo desconocido para él. Pasa la mano por la tapicería de piel negra y nota una calidad y suavidad impresionantes. Dirige la mirada al minibar bien surtido situado a la derecha del vehículo; toca unos botones que encienden y apagan los neones del techo. De repente, se baja la ventanilla que comunica la parte del conductor con la de los pasajeros, y el chófer saca a Martín de su sueño de creerse Ricky Gervais camino de los Globos de Oro.

—A ver, chaval, deja de tocar los botoncitos de una vez y atiende, que no te lo voy a volver a repetir. Tienes suerte de que la jefa se haya encaprichado contigo, pero, punto uno: si coges algo que no es tuyo, te rompo un brazo. Punto dos: si metes la pata, te rompo una pierna. Punto tres: si dices algo inconveniente, te parto la boca. Y punto cuatro: si piensas en lo que no debes, te rompo la cabeza. ¿Queda claro?

Martín no sabe qué decir y, cuando un humorista no sabe qué decir, el mecanismo de defensa es automático.

—Entonces de follar ni hablamos, ¿eh, jefe?

Y ese mecanismo no siempre funciona, pero a veces sí. El chófer lo mira y se le escapa una sonrisa.

—Tú eres tonto, chaval.

La limusina abandona la autovía por la salida de la playa d'en Bossa.

Debbie y Marjorie se dirigen hacia las habitaciones por un interminable pasillo de puertas y paredes desnudas. En estos hoteles, los pasillos no invitan al huésped a quedarse en ellos más de lo necesario. Son única y exclusivamente lugares de paso desposeídos de cualquier tipo de elemento que los convierta en un espacio acogedor. Puertas seguidas de otras puertas y apliques de luz seguidos de otros apliques de luz, en una secuencia infinita.

—Tenemos que comprar los regalos para el amigo invisible que haremos mañana por la noche. ¿Cuándo vamos de compras? —pregunta Marjorie.

—No sé, Marjorie. La verdad es que no me apetece mucho repetir ese número —contesta Debbie con desgana.

—Pues yo lo encuentro de lo más divertido —insiste Marjorie.

—Puede que el momento de repartirlos lo sea, pero lo que viene después se me hace muy cuesta arriba —confiesa Debbie.

—Deja que los chicos se diviertan.

—Por supuesto, claro que sí, pero que no se emborrachen. No son chicos, ya tienen una edad y deberían dar ejemplo delante de sus hijos.

—Oh, Debbie… —acierta a decir Marjorie, que sabe que el anhelo de su amiga es casi inalcanzable.

En ese instante, las dos amigas observan que Carey sale de la habitación de Marjorie y Stuart. Marjorie lo ve de lo más natural, pero Debbie interpreta la situación de otra manera. Carey se acerca a sus compañeras y les muestra el cigarro que lleva en la mano.

—Me había quedado sin tabaco y he pensado que Stuart tendría —justifica Carey.

—Ok. Estábamos comentando quedar mañana para ir a comprar los regalos del amigo invisible —dice Marjorie.

—Pero los chicos quieren recorrer la costa por la mañana en el barco con el suelo de cristal —replica Carey.

—Joder, cariño. Pues paseamos en el puto barco por la mañana y buscamos los regalos por la tarde —zanja Marjorie.

—Estupendo, pero nada de hacer trampas —comenta divertida Carey.

—¡Nada de trampas! Nos separamos y cada una compra lo suyo. ¡Qué emocionante, chicas! —festeja Marjorie.

—Ten... —dice Debbie dirigiéndose a Carey mientras rebusca en el bolso—. Llevo varios. —Saca un paquete de cigarrillos y se lo entrega a su amiga.

—Oh, gracias.

—De nada. Hasta mañana, chicas —dice Debbie de camino a su habitación.

Al doblar la esquina del pasillo descubre un sobre asomando en su bolso. Se detiene, lo abre, saca la tarjeta que hay dentro y lee: «Tú eres el amigo invisible de Mike».

Debbie arquea las cejas entre divertida y asqueada.

—Mierda de juego —musita, y avanza superando una a una las puertas de aquel pasillo de pesadilla.

Star Wars empieza con la frase: «Hace mucho tiempo en una galaxia, muy, muy lejana...». La historia de algunas partes de Ibiza podría comenzar con una frase parecida: «Hace mucho tiempo en una isla no muy lejana...».

Como la playa d'en Bossa, por ejemplo. Remontémonos bastantes años atrás —quizá un siglo—, cuando en Ibiza sólo había ganadería, agricultura, pesca y poco más. Un payés, propietario de una parte de la isla, fallece y decide repartir entre sus hijos la herencia, según la edad de cada uno. Para el mayor, las tierras interiores, las más valiosas por ser fértiles y dar buenas cosechas; para el mediano, un territorio provechoso para la ganadería; para el pequeño, terrenos que parecen no tener ningún valor porque están tan cerca del mar que difícilmente se puede cultivar nada en ellos.

Pero el tiempo es caprichoso y, cuando Ibiza empieza a

convertirse en un destino turístico, los visitantes buscan sol y playa, más que campo, hortalizas y animales. Y el heredero que tenía terrenos cercanos al mar salió ganando. El hijo pequeño de aquel campesino tiene hoy un imperio cerca del mar. Un imperio que crece y crece y que a día de hoy, con la apertura de clubes como Ushuaïa o el del Hard Rock Hotel, no para de crecer.

Precisamente en la puerta del club Ushuaïa aparca la limusina que lleva a Martín como único pasajero. El chófer abre la puerta de atrás, y Martín se da cuenta de que en la acera le esperan dos porteros del local. El joven no sabe muy bien qué hacer. La voz del chófer vuelve a actuar de GPS.

—¡Venga, chaval, espabila! No hagas esperar a la jefa. Una cosa, por cierto. Me olvidé de decirte el punto número cinco.

Martín frunce el ceño esperando una amenaza similar a los cuatro puntos anteriores.

—Pásatelo bien y disfruta.

Una boba sonrisa se dibuja en el rostro del joven.

—Gracias… Ehhh… ¿Cómo te llamas?

—Si te vuelvo a ver, te diré mi nombre. Adiós.

Martín se despide con un gesto de la mano y sale del coche. Ante él, un tipo bajito, rubio y tatuado, al que escoltan dos porteros del local.

—Hola, soy Giuliano, acompáñame.

El tal Giuliano se coloca delante de él junto a uno de los porteros y el otro se sitúa detrás. Antes de que Martín entienda algo, el hombre que lo antecede empieza a abrirse paso entre un mar de gente que salta al ritmo de la música. En el interior del local suena a un volumen atronador *Don't you worry child* de los Swedish House Mafia.

Upon a hill across a blue lake,
That's where I had my first heartbreak.
I still remember how it all changed.

My father said,
«Don't you worry, don't you worry, child.
See heaven's got a plan for you.
Don't you worry, don't you worry now.»
*Yeah!**

Pero Martín es el único que no sabe quiénes son los Swedish House Mafia, ni quiénes son Ingrosso, Axwell y Angello. Tampoco sabe lo que es Ushuaïa. Sólo ve a cientos y cientos de personas abrirse a su paso, como si fuera Moisés separando las aguas del mar Muerto. ¿O fue el mar Rojo? ¿O el Negro? Qué más da eso ahora. La geografía nunca fue uno de sus fuertes. De pronto, su itinerario se desvía hacia la izquierda. Abandonan el gentío que salta en la zona central frente al escenario y pasan por varios pasillos y escaleras donde hay más empleados de seguridad. No sabe exactamente dónde se encuentra hasta que llegan a la puerta de lo que parece ser una habitación. Está custodiada, cómo no, por dos tipos que, por el tamaño de sus espaldas, podrían jugar en los Denver Broncos o en los Lakers. Finalmente Martín entra en la estancia y reconoce, a escasos metros de distancia, a la jefa de la que hablaba el chófer. En el balcón de la habitación, saltando como una más, está Tiffany London,

---

* Arriba en la colina, al otro lado del lago azul, / ahí es donde tuve mi primer desengaño. / Todavía recuerdo cómo todo cambió. / Mi padre me dijo: / «No te preocupes, no te preocupes, hijo. / El cielo tiene un plan para ti. / No te preocupes, no te preocupes ahora». / ¡Sí!

rodeada de un personal que podría haber salido de cualquier videoclip de la MTV. Tiffany se gira, mira a Martín, sonríe y le hace con su dedo índice dos gestos. El primero significa «Eh, tú»; el segundo, «Ven aquí a mi lado».

Desde el balcón, a Martín le cuesta entender lo que ve. A sus pies, una especie de pista enorme con una piscina en medio, a modo de laguna azul, llena de gente saltando al ritmo que marcan los tres tipos que están en un escenario gigantesco. Y alrededor de la pista-piscina, pequeñas edificaciones de dos o tres plantas que albergan a otros miles de personas en balcones y terrazas. Todos saltando, todos bebiendo. Todos cegados por las luces que provienen del escenario. Si el siglo XXI necesitara un circo romano, seguro que se parecería mucho a Ushuaïa Ibiza.

—¿Te gusta? —La voz de Tiffany le suena más suave de lo que le pareció una vez que la escuchó en televisión.

—En dos palabras, im-presionante. —Martín no puede dejar de decir chorradas ni hablando en su primario inglés de secundaria. Un mecanismo de defensa.

—¿Dos palabras? Me parto contigo. —Ha vuelto a funcionar, y ella se ríe con ganas de su ocurrencia—. ¿Qué quieres tomar? ¿Champán?

—Sí, champán está bien.

Un gesto de miss London y un camarero le acerca una copa a Martín para llenársela con champán de una gigantesca botella adornada con algo que parece oro.

—Es una edición limitada de Louis Roederer. Sólo hay doscientas botellas en el mundo, y ocho están en España: una en Madrid, una en Barcelona, una en Marbella y cinco aquí en Ibiza. A ver si encontramos las otras cuatro. —Y tras soltar una carcajada, Tiffany extiende su copa al camarero. Cuando éste se la llena, le ofrece un brindis a Martín—. ¡Por ti!

—¡Y por ti!

Martín da un trago. Ella, en lugar de hacer lo mismo, vacía su copa en la cabeza de él. Él ríe y vierte el resto del champán también en su cabeza.

—Me aburro. Venga, nos vamos a una fiesta.

Cogiéndolo de la mano, lo saca de la habitación. En ese instante, como autómatas activados por un control central, el personal de la estancia y los porteros-armarios de la entrada del local se ponen en marcha alrededor de la pareja. Abandonan la discoteca por la puerta trasera y se introducen indiscriminadamente en la limusina rosa, a la que acompañan un Hummer y algunos deportivos de lujo aparcados en la zona vip.

Después de media hora de trayecto, en el que Martín cada vez tiene menos claro dónde está o de qué va aquello, la comitiva de Tiffany London llega a una casa. Para no variar la dinámica, también hay varios dispositivos de seguridad. Los porteros se mueven y las puertas se abren como mantequilla con un cuchillo caliente al intuir la presencia de la rica heredera en su berlina.

Cuando baja del coche, Martín no puede evitar unos segundos de sorpresa. Una enorme casa, un enorme jardín, una enorme piscina, un enorme número de velas iluminándolo todo, una enorme cantidad de gente desperdigada por todos lados y, cómo no, un DJ que en ese momento hace sonar un tema que Martín no conoce, pero que es *You Got the Love* de Mr. Frankie Knuckles, el inigualable maestro de la música house.

«Sigo metido en un vídeo de la MTV», piensa Martín. Pero esos segundos de sorpresa han sido suficientes para perder el rastro de Tiffany y los suyos. Él los busca con la mirada, pero no los ve a primera vista. En uno de los rincones de la zona de la piscina hay una mesa con una ponchera iluminada en su interior. Martín decide remojarse un poco por dentro para compensar el champán desperdiciado.

—¡Joder! Qué rico está esto —comenta después de la primera copa. Coge de nuevo el cucharón y se sirve una segunda copa, que también apura de un trago. Cuando va a servirse una tercera, una mano se lo impide.

—Me llamo Huracán Ramírez. —El hombre que sujeta su mano es el chófer que lo recogió en la limusina.

—¿Cómo?

—Te dije que si te volvía a ver te diría mi nombre. Pues ya lo sabes.

—Vale, vale… Pero relájate, me estás apretando demasiado la mano. ¿Vas a partirme el brazo por tomar un poco de cóctel?

—¿Tú sabes lo que es el MDMA? —Huracán no afloja la mano.

—¿MD… qué? —Martín nota que cada vez le cuesta más entender las cosas.

—MDMA. Éxtasis, chaval. Pastillas.

—He oído hablar de eso alguna vez.

—Pues en esa coctelera hay MDMA suficiente para poner cachondo a la mitad de esta isla. O sea, que antes de seguir es mejor que comas algo. Si no, intuyo que voy a tener que llevarte a Urgencias.

A Martín le vienen náuseas. El rostro del chaval muestra una mezcla de sorpresa y preocupación que se transforma en susto con una segunda arcada. Huracán interviene:

—Tranquilo, chaval. Ahora eso que te has tomado te va a dar un poquito de náusea, pero, si comes alguna cosa, unas uvas o algo de fruta, tu estómago se tranquilizará el tiempo suficiente para que te puedas quitar ese malestar con una rayita de *speed*. —Martín querría decir «¿Cómo?», pero ha empezado a sudar descontroladamente, y Huracán añade—: Cuando te estabilices un poquito con el *speed*, te tomas una copa cortita y una puntita de farlopa para volver al punto de partida y poder ir entrando en el mundo real poco a poco.

Parece que el discurso del chófer consigue relajar a Martín. Pero no es una relajación tan profunda como para contrarrestar las náuseas que hacen que el pobre cómico colocado no pueda evitar vomitar detrás de la mesa de la explosiva ponchera.

En Ibiza, a las cinco de la madrugada, muchas historias empiezan, otras están en su máximo apogeo y otras acaban. Y también hay gente que duerme a esas horas porque hace vida con el sol, en lugar de con la luna y las estrellas. En el apartamento de Charly y Rebe, reina una calma chicha. Sólo la humedad lucha por interrumpir el sueño, empapando los cuerpos de niños, mayores y mascotas.

Pero la tranquilidad se ve alterada por unas risas demasiado altas que vienen del pasillo. El primero en ponerse en guardia es Ronnie. Cualquier excusa es buena para dirigirse a la puerta de entrada y gruñir. El escándalo del pasillo aumenta.

Al final Rebe también se desvela. Es lo que tiene el sexo femenino, que, por norma general, es de sueño frágil.

—Joder… Pero ¿qué pasa? Charly… ¡Charly, despierta!

Es lo que también tiene el sexo femenino, que, por norma general, cuando se desvela, acostumbra a despertar al sexo masculino sin tener en cuenta la facilidad que tienen los hombres para dormir profundamente. Muy profundamente.

—¿Qué pasa, cari? —Un somnoliento Charly se incorpora sobresaltado.

—Alguien está montando un follón en el pasillo. Como se despierten los niños, vamos a flipar. Ve a decirles que se callen.

—Vale, vale… Ya voy.

Charly prefiere obedecer a la primera en vez de discutir sobre el tema. Calma a Ronnie y abre la puerta del apartamento con decisión.

—A ver, por favor, que es muy tard… —Pero no puede acabar la frase. Intentando abrir la puerta de al lado, sin lograr acertar con la llave en la cerradura, está Angie y, abrazándola por detrás, un tipo que es una mezcla de LeBron James y Kobe Bryant. Vamos, un negrazo tamaño NBA—. Joder, suegra. Qué susto.

Angie se lleva el dedo índice a la boca en un gesto de silencio, pero va tan achispada que le sale una carcajada.

—Ayúdame, cariño. Como tengamos que abrir la puerta éste o yo, lo llevamos claro.

Charly duda durante un segundo pero, sólo de pensar que los pequeños se pueden despertar antes de hora, se decide a echar una mano. Se acerca a la pareja, le coge la llave a la suegra y abre.

—Gracias, eres un amor.

Angie le da un beso en la mejilla a su yerno, y éste percibe tal aliento a tequila que imagina por un instante qué pasaría si encendiera un mechero. Seguro que explotaría todo el edificio. El negrazo interrumpe sus pensamientos con un «Come on», acompañado de un empujón a Angie, que hace que ambos entren a trompicones. Charly se queda alucinado en la puerta. Deja las llaves en una pequeña mesa al lado de la entrada y cierra de golpe.

Cuando se gira, Rebeca está en el quicio de la puerta de su apartamento.

—Vaya tela con mi madre, ¿no?

Charly abraza a su mujer. Ronnie sale a olisquear por el pasillo, se acerca a la puerta de Angie, echa una meadita y se vuelve para dentro. Su dueño esboza una sonrisa marcada por el cansancio.

—Venga, cari, volvamos a la cama. Mañana será otro día.

La pareja entra en el apartamento y se percata de que las risas y los ruidos del piso de al lado van en aumento. Se miran con cara de circunstancias.

—Bueno… Espero que tu madre nos haga algún día de canguro.

—Miedo me da dejarla sola con los críos.

Las primeras luces del día se cuelan entre las ramas de los almendros del Pla de Corona. Son las seis de la mañana, y François duerme plácidamente. Sin duda todas las vicisitudes por las que ha pasado y la contundente cena le han ayudado a sumergirse en un profundo sueño que le ha hecho adoptar esa postura en la cama, de alguien que parece haberse caído del techo. El hilo de baba que pende de la comisura de los labios ha dibujado ya en la funda de la almohada un islote. Puede que esté soñando que es un náufrago, pero no tiene nada que temer, pues vienen ya en su rescate. La puerta de la habitación se abre y entra Toni.

—Buenos días. Hora de trabajar.

—¿Cómo? —pregunta un aletargado François.

—Si quiere comida y tejado, antes tiene que haber trabajado —le dice un activo Toni—. Venga, arriba, hay muchas cosas que hacer. Luego Aina le llevará a la ciudad para que vaya a la comisaría. Vamos, vamos… En la mesa tiene café, pan y sobrasada.

«Sobrasada, más sobrasada», piensa François mientras se incorpora; una vez sentado en el borde de la cama y abotargado, intenta descubrir dónde están sus calcetines.

François, como buenamente puede, alimenta a unos cerdos hambrientos que de buena gana, si se dejase, le comerían las legañas. Entre la piara destaca Espe, una puerca descomunal y preñada que tiene la particularidad de escupir a todo aquel que se le acerca. Y siguiendo la tradición, así lo hace y da de pleno en la cara del francés.

—*Merde! C'est dégoûtant!** —gruñe como un verraco François, y se limpia enseguida el contundente gargajo con la manga de la camisa.

No corre mejor suerte cuando se dispone a recoger los huevos que han puesto las gallinas. François se lleva unos cuantos picotazos y termina con una pluma en la boca, que casi provoca que se atragante, desprendida en el revuelo que se ha formado dentro del corral con su presencia.

Pero lo peor es cuando tiene que hacer acopio de estiércol con un capazo para esparcirlo sobre una de las tablas del huerto como abono. Todo esto bajo el estricto control de Toni. Y de Aina, que, sin que el francés se dé cuenta, sigue divertida toda la acción desde una ventana.

Hora del desayuno también en el hostal Tentazione. Stefano se sirve del bufet. Tiene hambre. Su falta de costumbre ha hecho que el licor de hierbas le haya proporcionado una bo-

---

* ¡Mierda! ¡Qué asco!

nita noche de sueños bíblicos, en los que, sin entender por qué, aparecía Sylvana representando diferentes papeles del aleluya, ora como María Magdalena, ora como la Virgen María, ora como la Eva pecadora del paraíso. Mientras coloca rodajas de salami en su plato, repara en el grupo de compatriotas que desayunan cerca de él. Se fija en cómo visten y se peinan, y compara su imagen, reflejada en el espejo de la alacena, con la de sus paisanos. En ese reflejo aparece Sylvana y, durante un cortísimo espacio de tiempo, sus miradas se cruzan. Stefano se ruboriza y avanza para que su imagen ya no se proyecte en el espejo. Sylvana sonríe.

Decidido, el párroco camina por la avenida Vara del Rey y alrededores. Entra en varias tiendas de ropa, donde se prueba diferentes modelos de camisas, camisetas, pantalones y calzado, como los que visten los italianos que ha visto en el hostal. En los probadores de una de las tiendas, sus ojos, sin quererlo ni buscarlo, se topan con una mujer espectacular en ropa interior en el probador de al lado. «¿Por qué no harán las cortinas de los probadores un palmo más largas por cada lado?», se pregunta el pobre Stefano.

En otra tienda, la dependienta no tiene reparo en abrir la cortina para ofrecerle otros pantalones de una talla diferente. Stefano se queda como un conejo deslumbrado por los faros de un coche, pero el repaso visual que le hace la dependienta le lleva a cerrar la cortina de golpe. Stefano se mira en el espejo y, por su semblante, parece no estar de acuerdo con lo que está haciendo. Se arrodilla y en el mismo probador reza una plegaria. La dependienta no sale de su asombro cuando vuelve a abrir la cortina para entregarle otros pantalones.

Finalmente, en otro establecimiento, Stefano se acerca al

mostrador y pone sobre éste varias prendas. El dependiente, muy amanerado, coge una camisa al azar.

—¡Uy, ésta la tengo yo también! Es mona, ¿eh? Te quedará genial, ya verás. El *slim* es lo más.

Stefano no sabe cómo encajar el comentario y mucho menos el gesto del empleado cuando le guiña un ojo.

La mayoría de los hoteles de Sant Antoni disponen de una infinidad de actividades para sus huéspedes. Eso sí, cada una tiene su público. Y los de Liverpool cada año se repasan de arriba abajo los trípticos que se encuentran en el aparador de la recepción del hotel. Puedes hacer una excursión en *mountain bike*, pero cansa; tal vez te apetezca una carrera en los *karts*, pero está mal visto que te montes en uno de esos coches canijos bebido. Si eres muy atrevido, puedes hacer *bungee jumping*, pero corres el riesgo de echar la pota, y eso es una lástima, a pesar de lo barata que es la bebida en esa zona.

Así pues, la familia Barrow y compañía optan siempre por la actividad que les proporciona todo lo que les gusta: el *glass bottom boat*. El programa es claro: travesía, paella y alcohol. Mucho alcohol. La embarcación se encuentra fondeada frente a una bella cala de la isla, la Cala Salada. El ecosistema en la cubierta se reparte casi a partes iguales entre las dos especies más comunes: adolescentes en biquini y cuarentones quemados, todos bebidos.

Mientras tanto los más atrevidos, que también llevan encima unos cuantos tragos, se lanzan desde la cubierta en busca de las botellas de cava que la tripulación lanza al agua. Hay algo de divertida malicia en las miradas de esos empleados que se dedican a lanzar el burbujeante cebo, pero no hay nada que motive más a un británico con sed que un refrescante chapuzón para conseguir una botella de alcohol gratis. Es la mezcla perfecta para ir modulando el cebollón. Así que esos tipos con barriga cervecera y cabeza turbia, para sorpresa de la gente respetable, se mueven con la misma pericia que un delfín en busca de su sardina. Podemos decir delfín o elefante marino.

La variedad en el lanzamiento de botella al agua que aportan Jeremy y sus colegas es tirar por la borda la urna que contiene las cenizas de Henry convenientemente sellada.

—Bueno, Henry, ha llegado la hora del baño. ¡Salta, Henry, salta! ¡Vamos allá! —exclama Burns, que a continuación lanza la urna como si fuera el *quarterback* de los Miami Dolphins.

Y tras ella van sus colegas.

El sol ya calienta lo suyo en Villa Tur, cuando Mathias se toma una aspirina para intentar amortiguar el bum bum bum que retumba en su cabeza. En el equipo de música Montserrat Caballé continúa cantando en modo «repeat».

Hace un buen rato que se ha despedido de Miguel, el chico que ha pasado la noche con ellos, o tal vez habría que decir que la ha sufrido, a juzgar por las lágrimas que caían por sus mejillas cuando se marchaba.

—Disculpa a Lukas. A veces es demasiado impulsivo. —Son las últimas palabras que recuerda haberle dicho al chaval.

En ese momento suena el timbre.

—Espero que sea el servicio, porque necesito unos huevos con salchichas pero ya.

¡Zas! Ni servicio ni huevos con salchichas. Un puñetazo

como saludo es lo que impacta en la cara del pobre director de la Gemäldegalerie de Berlín.

—La habéis cagado.

La contundente afirmación proviene de un tipo bastante corpulento, de estética oso, acompañado de otros cinco, que ya están entrando en el recibidor. Lukas llega alertado por el alboroto.

—Pero ¿quién es a estas horas, cari...? —No le da tiempo a acabar la frase, ya que la presencia del grupo hace que su cara cambie de expresión—. ¡Oh, Dios, esto es un secuestro!

—¿Éste es el otro? —pregunta el jefe oso a la persona que ahora asoma por detrás de su ancha espalda. Es Miguelito, vestido igual que cuando se marchó de esa casa; pálido, con ojeras y con síntomas de no haber dejado de llorar hasta hace bien poco. El chaval asiente, y los cinco autoinvitados se emplean a fondo con Lukas y Mathias. La escena final de *Salomé* corrobora que Strauss combina igual de bien con una noche de sexo que con una buena paliza matutina.

Lukas es un fanático del día del Orgullo Gay. Le encanta esa celebración. Ha participado en la de Madrid, París, San Francisco y, por supuesto, cuando no ha estado de viaje, en todas las ediciones de Berlín. A pesar de que en una oportunidad un vídeo suyo, totalmente borracho encima de una carroza, se transformó en un acontecimiento viral en Alemania, sigue asistiendo año tras año. De hecho, si hay algo que le gusta más que ser popular, es ser viral: la popularidad del mundo actual.

Pero esta mañana de agosto, el orgullo de Lukas se ha quedado fuera de la unidad de Urgencias del Hospital Can

Misses, donde la pareja ha acudido después de lo sucedido en su casa.

A Mathias, más que el orgullo y las heridas, lo que le duele es estar en ese lugar en ese preciso momento. Incluso más que haberse llevado la peor parte de la paliza, como delatan su ojo morado y la nariz tronchada. Odia la improvisación y los imprevistos, y esa sala y las personas que allí se encuentran son un ejemplo de un imprevisto mayúsculo. Gente que acude por picaduras de medusa, por caídas de moto cuyas rozaduras se extienden por todo el cuerpo al conducir en bañador, otros con síntomas obvios de una larga noche de fiesta, padres con bebés en brazos que no han pegado ojo a cuenta de la fiebre, *drags* que acompañan a otra que se ha dislocado el tobillo al caerse de sus plataformas...

—Pero ¿cómo querías que supiera que ese angelito era hermano de una bestia peluda similar? —Lukas rompe el hielo por lo bajini.

—Tarde o temprano tenía que pasar algo así, Lukas. Tú y esa manía tuya de acostarte con jovencitos.

—No es una manía. Es mi forma de demostrar cuánto amo la belleza. Dios, es terrible cómo te han dejado la cara esos brutos.

—Sólo por cómo me duele me hago una ligera idea.

—No sé si podremos maquillarlo de alguna manera.

—¿Maquillarlo? —Mathias se sorprende, pero el dolor le recuerda que no está para muchas alegrías y discusiones.

—Nos casamos dentro de cinco días, algo tendremos que hacer para no parecer extras de *The Walking Dead*.

—Podríamos retrasar la boda.

—¿Te has vuelto loca? Tal vez debería mirarte un neurólogo, puede que estés sufriendo algún tipo de embolia. Cómo puedes decir semejante idiotez. ¿Y los invitados? ¿Y, mucho peor aún, los medios?

—Gracias por preocuparte por mí, cariño. Yo también te quiero.

—Y, por supuesto, no se te ocurra decir que esto ha sido fruto de una pelea. Tropezaste y te caíste por las escaleras. ¿Entendido?

Esta última afirmación hace que Mathias dude, pero ante la mirada de Lukas cede. No tiene ganas de prolongar aquella discusión más allá de lo necesario, ya que la incomodidad de sentirse el centro de atención en esa galería de víctimas de la isla supera incluso el dolor de su nariz.

—Me caí por las escaleras.

—Perfecto.

«Mathias Müller. Box 1.»

La llamada de la megafonía pone el punto final a la discusión. Mathias se encamina hacia el pasillo, y Lukas aprovecha para repasar el *timeline* de su cuenta de Twitter.

La cubierta del *glass bottom boat* es una mezcla de madera caliente, húmeda y en algunos puntos pegajosa. Las braguitas del biquini de las jóvenes que acaban de subir a la cubierta se convierten por un instante en surtidores de agua salada. El baño ha rebajado la temperatura corporal de las chicas, pero no ha reducido los efectos del alcohol y sí ha logrado disparar la lubricidad. Están borrachas y cachondas. Entre roces, tragos, carcajadas y miradas encendidas, dan comienzo al nada inocente juego de pasarse un cubito de hielo prendido entre los labios mientras suena de fondo *Let's Get It On*, de Marvin Gaye.

I've been really tryin', baby,
Tryin' to hold back this feelin' for so long,
And if you feel like I feel, baby,
Then come on, oh, come on.
Whoo, let's get it on.
Ah, babe, let's get it on.
Let's love, baby.
Let's get it on, sugar.
Let's get it on.
*Whoo-ooh-ooh.**

Jeremy coge un hielo de una cubitera; sonriente, va hasta donde se encuentra Debbie y se lo pasa. A Amy, la hija de ambos, casi le provoca una arcada ver a sus padres así y desaparece hacia el interior del barco. Un avispado Mike va tras ella.

Amy entra en el lavabo, un cuchitril estrecho de paredes metálicas. El suelo es un mar de orina que a su vez rodea pequeños islotes de papel higiénico, latas de cerveza, vasos de plástico y un cubo del que rebosan papeles, salvaslips y diferentes envoltorios. Es toda una hazaña para Amy mear en cuclillas con la precaución de no tocar nada en absoluto. Cuando sale del retrete, se encuentra con Mike en la zona común del baño.

Ahora Marvin Gaye se cuela en aquel cofre oxidado como un eco monoaural.

—¡Hijo de puta! ¡Cabrón! ¡Pervertido de mierda! ¡Mé-

---

* Muñeca, realmente he estado tratando / de contener estos sentimientos por demasiado tiempo. / Y cariño, si tú sientes lo mismo que yo, / entonces ven, / ven y vamos a hacerlo, / vamos a hacerlo *baby*, / vamos a amarnos, cariño, / vamos a hacerlo…

tele mano a tu madre, gilipollas! —grita Amy mientras se dirige hacia la cubierta extremadamente alterada.

Mike aparece tras ella, y todo el pasaje centra su atención en Amy.

—¿Qué diablos está pasando? —pregunta Jeremy.

—¡Este gilipollas me ha tocado las tetas! —se queja Amy.

Stuart le da una colleja a su hijo.

—Dios, Mike, ¿tan mal se las has tocado que ha salido corriendo? —bromea Stuart.

El sector masculino, incluido Jeremy, ríe la ocurrencia.

—¿Es eso verdad? —pregunta Debbie muy seria a Mike.

—Oh, venga Debbie, no vayamos a montar un número ahora. Estamos de vacaciones —interviene Jeremy.

—¿Es eso verdad? ¡Contesta! —insiste Debbie.

—Debbie…, son cosas de críos —añade Liam.

Carey, Marjorie y Vicky asienten, pero tanto Amy como Debbie miran incrédulas a Jeremy.

—Venga, tengamos la fiesta en paz —sugiere Jeremy.

—Eso es, pero átale las manos y la polla a tu hijo, Stuart —remata Burns.

Jeremy le devuelve a Debbie una mirada en la que le reclama comprensión. Debbie se mantiene estoica, y Amy se va de allí encabronada.

—La palabra es «humillante». Anda, quítate de mi vista —le susurra Stuart con discreción a Mike y arranca a andar dejando atrás a su hijo.

En la cara del adolescente se refleja algo más que la simple reacción a una reprimenda que no augura nada bueno.

Stefano, con su nuevo look entre *latin lover* y chico Martini, llega a la magnífica playa de Es Cavallet. A un lado, el idílico restaurante La Escollera; al otro, el *beach club* El Chiringuito y, más lejos, el Chiringay. Y desperdigados por los mil cien metros de fina arena, una sucesión de gente guapa y cuerpos esculturales. Stefano no sabe muy bien dónde mirar y busca un sitio en la arena donde acomodarse. Evita las miradas que le buscan y avanza hasta que le parece encontrar un sitio tranquilo. Estira la toalla y se sienta. Parece que el sonido del mar, el sol y probablemente el yodo le animan y hacen que su angustia se interrumpa durante un instante. Pero la calma dura poco.

—Perdona… Verás, no me gustaría que pensaras que estoy intentado ligar contigo. Eso quiero que te quede muy claro, no soy de esas que vienen a la playa a buscar rollo. Sólo quiero que me hagas un favor.

Stefano no entiende gran cosa de lo que le está explicando aquella atractiva joven en topless.

Pero su conciencia está ahora en alerta amarilla.

—¿Te importaría ponerme crema en la espalda? —le dice mostrándole el envase de crema fotoprotectora.

Stefano está clavado. Alerta naranja.

Pero la chica se estira en la arena boca abajo y le ofrece el bote. El perturbado religioso aplica con mano temblorosa la primera dosis de crema sobre la espalda, sin atreverse a mirar más abajo.

—Ay… Qué fría.

—Lo siento.

—No, tranquilo. Reparte bien la crema.

Él obedece y empieza a extender el producto. La chica ronronea un poco.

—Mmm… Qué bien. Qué manos más suaves tienes.

Stefano nota que su circulación se acelera y es completamente consciente de que se está sonrojando.

—No parece que las utilices mucho. Me gusta. Ponme en las piernas también.

Alerta roja. Stefano decide irse y se va. La chica sigue con el ronroneo.

—Por cierto, ¿cómo te llamas? Yo soy Virginia, pero puedes llamarme Vir. No eres muy hablador, ¿eh?

Pero Stefano, sin importarle las miradas extrañadas por su acelerado paso, ya está a la altura del aparcamiento de la entrada a la playa.

Al principio de otra playa, la paradisíaca Salines, la familia de Charly y Rebe ha encontrado un rinconcito extrañamente tranquilo para la hora que es. Un poco más allá brilla la actividad de los chiringuitos Guaraná, Jockey y Malibú o el más alejado de Sa Trinxa. Rebeca y su madre se remojan en el agua; las dos con el agua al cuello, las dos con gafas de sol, las dos fumando un cigarrillo.

—¿Tengo mala cara, hija?

—Yo te veo bastante bien… Para no haber pegado ojo en toda la noche.

—No te creas. El negro me salió un poco blandengue. Un par de horitas sí que he dormido.

—Ahórrate los detalles, mamá.

Cerca de la orilla, Charly, su amigo Deivid y el pequeño Bratt se entretienen haciendo castillos de arena. Jennifer va y viene del agua buscando conchas para decorar la edificación.

—¿Te acuerdas del chiste «Señor Marihuana, señor Marihuana, que yo no fumo policía»?

—Joder, Deivid, que están los niños delante. —Charly no puede evitar una carcajada mientras riñe a su colega.

—Papá… ¿Qué es marihuana?

—Nada, Bratt, nada. Ve a ayudar a tu hermana a coger conchitas para el castillo.

El niño se aleja hacia el mar.

—Oye, tu suegra sigue estando igual de macizorra que siempre, ¿eh?

—Tú estás enfermo, nene.

—Sí, de no follar.

Siguen las risas, hasta que un llanto rompe el momento. Bratt viene llorando del agua. Jennifer, para no perder la costumbre, le va a la zaga partiéndose de la risa.

—¿Qué pasa, hijo? —le pregunta Charly.

El niño no puede articular palabra. Sólo se queja del dolor en un brazo sin dejar de llorar.

—¡Jennifer, no te rías de tu hermano!

La niña hace caso omiso a su padre, y eso provoca que el llanto del chaval suba de tono.

—Parece una picadura de medusa —comenta Deivid examinando la piel.

—¡Joder, Bratt! Tienes que ir con cuidado, cariño, que tú eres alérgico hasta a las caricias.

—Si es que es tonto, papá.

—Jennifer, no digas eso de tu hermano.

—Es que es verdad.

—Sí, pero está feo decirlo.

El pobre Bratt llora con más desconsuelo si cabe.

—Me picaaa…

Rebe y Angie se acercan.

—¿Qué te ha pasado, mi niño?

—Parece que le ha picado una medusa.

Angie enciende otro pitillo, se sienta en la toalla y mete baza en lo acontecido:

—Pues a mearle en el brazo, que eso dicen que va bien.

—¡Nooo! ¡Mearme en el brazo nooo!

—No le hagas caso a tu abuela, hijo. Mamá, ya te vale.

—Que no me llames «abuela». Me llamo Angie.

—Sí, la abuela Angie.

—Rebeca, por favor. ¿Y tú qué miras?

La pregunta de Angie tiene como destinatario a Deivid, que lleva todo el rato con la mirada clavada en las tetas de la suegra.

—¿Eh? Yo, nada, nada...

Stefano todavía tiene el pulso alterado y la respiración entrecortada cuando, con la toalla al hombro, entra en la iglesia de Dalt Vila. Su estampa de veraneante contrasta con el vestuario de los presentes, que casi llenan todos los bancos. Al frente, un párroco oficia una misa de funeral. Al joven clérigo le llama la atención la religiosidad que se respira en el templo. Y piensa en el contraste del personal de la playa que acaba de abandonar a la carrera y la feligresía que, con sus pañuelos en la cabeza y alguna mantilla, repiten las plegarias del cura. Por las palabras de éste, Stefano deduce que la misa es en honor de un prohombre de la isla, perteneciente a una familia importante. Stefano se queda abstraído mirando las tallas religiosas, la placa de los caídos por Dios y por la patria que se encuentra en la entrada, y las imágenes que una vez al año desfilan en procesión por las calles de la ciudad.

La paz que le produce el lugar hace que se calme y se quede traspuesto.

Teta. Culo. Pubis. Labios. Lengua.

Culo. Pubis. Teta. Lengua. Labios.

Labios. Teta. Culo. Lengua. Pubis.

Pubis. Lengua. Labios. Culo. Teta.

¡Plop! Stefano da una cabezada y se despierta sudoroso y alborotado por las imágenes que han inundado su mente. No sabe el rato que lleva durmiendo en la iglesia. La ceremonia ya ha terminado y queda mucha menos gente. Con la toalla se limpia una baba en la comisura de los labios y en ese momento repara en una señora que sale del confesonario. El joven sacerdote no se lo piensa dos veces y se encamina hacia esa dirección. Una vez de rodillas frente al confesor, se reclina hacia delante.

—Ave María Purísima.

—Sin pecado concebida. A ver, hijo, dime.

—Verá, padre, estoy viviendo un momento crítico de mi fe y, si sigo así, no sé si voy a tener la entereza suficiente como para poder resistirlo.

—¿Te drogas?

—¡No! ¿Cómo puede pensar eso?

—Eh, no serías ni el primero ni el último. Al hablar de no poder resistirte, pensé que tal vez estabas con el síndrome de abstinencia.

—Tiene que ver con otro tipo de abstinencia.

—¿Cuál?

—La de la carne.

—Madre mía.

—¿Cómo dice?

—Nada, nada.

—Verá, fui ordenado sacerdote hace tres años y he venido a Ibiza para poner a prueba mi fe.

—Por el amor de Dios, ¿a quién se le ocurre venir a esta isla para probar su fe? Hasta yo me pongo palote si doy una vuelta por la playa. Nadie puede luchar contra un tanga en un trasero hermoso. Y te lo digo yo que llevo cincuenta años en esta isla. Pero ¿por qué no has decidido irte al Sáhara?

Allí lucharías tú solo contra los elementos. Es que, hijo mío, te has metido en la boca del lobo. Venga, date una ducha fría y santas pascuas.

—¿Y mi penitencia?

—¿Te parece poca penitencia por lo que estás pasando?

—Pero bien tendré que lavar mis pecados.

—Vamos a ver, muchacho. ¿Te has acostado con alguien?

—No.

—Y… No me puedo creer que tenga que preguntar estas cosas: ¿te has tocado?

—¡No!

—Pues venga, arreando, que he quedado para ir a pescar raons.

—¿A pescar?

—Eso es, como san Pedro.

El párroco sale del confesonario. Stefano se levanta e intenta interceptarlo.

—Pero…

—Vete a dar una vuelta y airéate.

Y dicho esto, el cura, que responde al nombre de padre Murillo, sale de la iglesia cabeceando y musitando algo para sí mismo que Stefano no alcanza a escuchar. Bastante tiene el joven con pensar en la relajada actitud del párroco.

En el box de Urgencias, un médico observa a Mathias de una manera circunspecta.

—¿De verdad se cayó por las escaleras?

El tono serio de la pregunta hace dudar a Mathias en su respuesta. Pero ya es tarde para echarse atrás.

—Eh, sí, claro, claro… Es una casa alquilada y no le tenemos la medida cogida.

El doctor continúa con cara de no creerse para nada esa versión.

—Verá, tenemos indicios de que probablemente esto no sea un simple accidente. Ya sé que puede resultar muy embarazoso para usted, pero ante las evidencias no hemos tenido otro remedio que activar el protocolo de malos tratos.

—¿Cómo? —A Mathias han dejado de dolerle todas las heridas de inmediato.

—Dentro de un rato la policía le tomará declaración acompañado de un médico forense, que tendrá que hacer un informe sobre su estado. En caso de que se confirmen nuestras sospechas se abrirá una investigación, y su expediente pasará a manos de un juez. ¿Ha entendido todo lo que le he dicho?

Mathias lo ha entendido perfectamente, pero ahora su cabeza es una olla a presión en la que se mezclan los chupitos de la noche anterior, los golpes de la mañana y la danza de los siete velos de *Salomé*.

—Sí, sí… Lo comprendo, pero esto es un enorme malentendido.

—¿Puede explicar otra versión de los hechos?

Mathias duda por un momento. Pero un clic en algún lugar de su cerebro le hace pensar que la versión de las escaleras es mucho mejor que la verdad.

—No, me caí por las escaleras.

—Lo siento, pero no puedo hacer nada más por usted. Tan sólo le comento que a su compañero acaban de llevárselo a las dependencias policiales para tomarle declaración. Y deberá permanecer allí durante veinticuatro horas.

—¿Qué?

—Señor Müller, sé que es un paso muy difícil, pero no

tiene por qué continuar encubriendo a un maltratador. Cuente con nuestro apoyo.

Al escuchar la palabra «maltratador», los chupitos, los golpes y los acordes operísticos hacen una pausa en el cerebro de Mathias. *Stop! Genug! Es Reicht!* Y tras el segundo de pausa, el llanto. Mathias rompe a llorar desconsoladamente.

—Eso está bien, desahóguese. —El médico, ajeno a todo lo que pasa en el interior de su paciente, sigue adelante con el protocolo. Y a Mathias el llanto no le deja articular palabra—. Tómese su tiempo. Dentro de un rato vuelvo con usted para ver cómo sigue.

El médico abandona la habitación. Mathias se queda con la sensación de «Esto no me puede estar pasando a mí» y lo único que logra pronunciar entre sollozo y sollozo es:

—Dios mío, están todos locos.

Se podría decir que, por el aspecto que tiene, François ha librado una gran batalla esta mañana. Descompuesto, exhausto, con varios arañazos en la cara y los brazos, y un tufillo a boñiga del que no se desprende y que él mismo percibe con asco, se ha sentado a la mesa con Toni y Aina. Es la hora de comer, y Toni fija su atención en dos cosas: la comida y el francés que alberga en su casa.

—Mi padre quiere saber a qué se dedicaba en Francia —le interpela Aina.

—Bueno, aunque no lo parezca, regento uno de los restaurantes más selectos de París —dice un arrogante François a pesar de su aspecto de pordiosero—. Estoy entre los cinco mejores chefs de Francia, lo que quiere decir entre los mejores del mundo.

—Que es cocinero —le resume Aina a su padre.

—Ajá... —asiente un hierático Toni, que mira ahora al francés con añadido interés.

—¿Cocinero? ¿Qué quiere decir «cocinero»? Soy chef, un creador —rectifica François, al que la bajada de escalafón le desagrada.

—Sí, sí... Entendido —le contesta Aina.

—Aina, dile que esta noche prepare cena para cinco —pide Toni, que ha visto en ello una buena oportunidad para salirse de la rutina culinaria de aquel hogar.

—Dice mi padre que esta noche se encargue de la cena. Seremos cinco.

—Pero...

—Es lo que hay, señor chef —le comenta divertida Aina.

—Venga, a comer —puntualiza Toni. Y añade mirando al francés—: Mañana tendremos que cambiar el agua de la charca de la piara.

Aina traduce.

Todo es una mierda, y François puede olerla.

Ambiente de siesta y *aftersun* en los apartamentos Poseidón V. La jornada playera ha conseguido su propósito, y Jennifer y Bratt duermen a pierna suelta en la cama; este último con el brazo vendado.

Como sorprendidos por este remanso de paz, Charly y Rebe tontean en el sofá.

—Ay, Charly, por fin un poquito de relax.

—¿Una siestecita?

—Primero un polvito, cariño.

—A eso me refería, tonta.

—Pues habla claro.

—Cómo me gusta cuando te pones chunga.

La pareja se besa y se acaricia, y notan el renacer de una pasión que a veces se desgasta demasiado con los años de matrimonio y la crianza de los hijos.

Desde el balcón del apartamento de al lado, Angie sonríe mientras se bebe un gin-tonic.

En la pequeña habitación de su hostal, Martín se despierta. Parece que dentro de su cabeza se estén peleando Justin Bieber y Orlando Bloom, al ritmo del *Boneless* de Steve Aoki. Martín no recuerda haber tenido una resaca similar en su vida. Claro que probablemente nunca tomó tantas sustancias diferentes como debió tomar anoche, aunque, a decir verdad, tampoco recuerda nada de lo que pasó. Algún fogonazo sináptico entre sus neuronas le envía la imagen de una gigantesca ponchera y una mano aguantándole la cabeza mientras vomitaba. Al menos parece que las náuseas ya son sólo un recuerdo. Y a juzgar por cómo rugen sus tripas lleva muchas horas durmiendo sin ingerir nada sólido.

Al abrir la ventana se da cuenta de que el trozo de cielo que ve desde la habitación tiene ese color que puede pertenecer por igual al amanecer o a la puesta de sol. La actividad que viene de la calle le ubica temporalmente. Es por la tarde. Debe de haber dormido unas veinte horas, y el olor a pizza que proviene de abajo le hace saltar a la ducha con la única intención de acabar de despejarse lo antes posible para comer diez o doce porciones en ese puesto italiano de dos metros cuadrados que hay al lado del hostal.

Martín sale del hostal. Frente a éste se encuentra a Huracán Ramírez apoyado en la parte delantera de la brillante limusina.

—Esto no será un bucle tipo *El día de la marmota,* ¿no? Martín y sus chistes.

—Mira que eres tonto, chaval. Ya lo decía mi padre, más vale caer en gracia que ser gracioso. Anda, sube.

—Un momento. —Martín se dirige al minúsculo habitáculo de donde proviene la mezcla de olores de masa caliente, mozarela, tomate, champiñones, pesto y demás aderezos que conforman las pizzas que ya están en el horno. Sólo tiene dos cosas en la cabeza antes de volver a entrar en el coche y las enuncia en voz alta—: Una cuatro quesos y una caprichosa.

Con una porción en cada mano, el «Ceniciento» se dispone a entrar en su carroza fucsia.

—Ni de coña vas a comerte eso encima de la tapicería de este coche. Acaba primero.

—Lo que tú digas, señor Huracán. —Martín va mordiendo alternativamente las pizzas—. Por cierto, ¿la idea de llamarte Huracán fue de tu padre o de tu madre?

—Digamos que ése es mi nombre profesional.

—¿Huracán? ¿Trabajas de hombre del tiempo o algo así?

—Mira, chaval. Si no preguntaras tanto, a lo mejor habría un momento en el que empezarías a caerme bien. Venga, espabila. Nos vamos.

Sube el chófer y después el pasajero. La limusina abandona el centro de la ciudad. La ventana que divide el interior del vehículo está abierta.

—Y esta vez intenta no pasarte de rosca. Vamos a una fiesta pública.

—¿Adónde? —pregunta Martín cogiendo una Coca-Cola del minibar mientras observa la mirada de Huracán por el retrovisor—. Tranquilo que sólo cojo una, ¿eh? No me partas un brazo. Es que no me has dejado beber nada y tengo la pizza atascada aquí. —Se toca el esternón y fuerza un eructo.

El chófer sonríe, pero dura sólo un segundo.

—Una fiesta pública. O sea, que va a estar lleno de periodistas y no puedes dejar en mal lugar a la anfitriona.

—Tranquilo. Estoy acostumbrado a tratar con la prensa. Soy artista.

—Tú lo que eres es gilipollas.

El motor de la *pick-up* se pone en marcha y va dejando a lo lejos la casa. François y Aina se dirigen a la ciudad. Pero, un momento, paremos la imagen y volvamos atrás unos segundos. Cuando Aina y François toman impulso para subirse a la furgoneta, sus miradas se cruzan. Y François sonríe. Y todo parece normal, pero no lo es. Ésa no es una sonrisa cualquiera. No es una sonrisa de cortesía, una sonrisa amable, una sonrisa sin más. Esa sonrisa da visibilidad a un sofisticado sistema fruto de miles de años de evolución y la ha provocado una hormona producida en el hipotálamo, tan chiquitita como poderosa: la vasopresina. La gasolina que se encarga de alimentar y dar potencia a la testosterona, que también es una hormona y que tiene como fin poner cachondos a los tíos. Tontorrones, babosillos, nerviosos, torpes.

Y así es como se siente François en ese instante.

Atraído por Aina, busca en todos los rincones de su cerebro —mientras simula fijarse en el entorno del Pla de Corona que se le presenta a través del parabrisas— un tema de conversación para romper de algún modo ese silencio —aunque el motor de la *pick-up* ruge lo suyo— y lograr un acercamiento. Generar un espacio de confianza y saber más de ella. Mostrar su lado seductor, sorprenderla de algún modo.

—Tenéis… Tenéis una casa muy bonita —dice François ahora tratándola de un modo más informal. «Menudo temazo has sacado, chaval», piensa el francés nada más soltar la frase.

—Sí —responde Aina sin más.

François lo intenta de nuevo con un clásico de las conversaciones.

—Qué calor hace, ¿verdad? —Y apenas termina de hablar se fustiga diciéndose: «¿Cómo puedo ser tan cretino?».

—Sí —vuelve a contestar Aina en el mismo tono.

Y entonces el francés se atreve a ir un poco más lejos.

—Tienes un bronceado muy bonito —añade finalmente. «¡Joder, soy un crack, ya podría haberle dicho: "¡Menudas peras tienes!"».

Aina mira por encima de sus gafas de sol al cocinero, que ahora se hunde en el asiento incapaz de sostener el peso de la vergüenza. François decide, como alternativa menos incómoda, admirar el paisaje y evitar así que Aina repare en cómo le han subido los colores a la cara.

Aina, consciente del estado de ánimo de François, y de que éste no la ve en ese momento, sonríe con cierta malicia. Detrás de esa sonrisa quizá haya también, quién sabe, una hormona. Una hormona llamada «oxitocina». Pero quién sabe…

Cuando la furgoneta llega a la comisaría, François se apea de inmediato. Antes de arrancar en busca de un aparcamiento, Aina le dice:

—Nos vemos en la plaza.

—Entendido —contesta el francés.

Una vez dentro, el chef comprueba que la cola de gente es abrumadora. El reloj que hay en la pared marca las cinco de la tarde. Un policía le alcanza un formulario y un bolígrafo. François toma aire y no repara en el tipo magullado que sale en ese momento de la comisaría. Tal vez no repara en él porque no se conocen de nada, pero su cara es un poema. El pobre Mathias regresa a la villa después de haber respondido a las preguntas de la policía.

Al entrar en Villa Tur, Mathias no es capaz de saber si está más hecho polvo por fuera o por dentro. Vibra su teléfono móvil. Siempre lo tiene en silencio; discreción ante todo. Tiene varios mensajes en el buzón de voz. Lo activa y se dirige al baño. Delante del mismo espejo en el que la noche anterior él y Lukas se arreglaban para salir, observa el estado de su rostro. Es deplorable. Parece que ha pasado un año desde anoche. «En esta isla, los tiempos son diferentes a cualquier otro lugar», piensa. Interrumpen su pensamiento los mensajes que le llegan desde el altavoz del móvil. El primero, de sus colegas alemanes. Piii.

«—Hola, somos Klaus y...

»—¡Ralf! ¿Qué tal?

»—Estamos como locas por llegar a la isla. No sabemos qué llevarnos. —Se escuchan risas—. Estamos muy excitadas.»

Sigue escuchando mientras se hace una cura con algodón y alcohol. Duele.

«—Debéis de estar pasándolo en grande porque sólo hablamos con vuestros contestadores. Dejad algo para nosotras —añade Klaus y emite una estruendosa carcajada—. ¡Besos!

»—¿Besos? Deben de estar follando como locas las muy zorras.

»—Seguro que sí. Nunca sé cómo se cuelga este maldito apara...»

Piii. Siguiente mensaje nuevo.

«—Hola, cariño, soy Lukas.»

Mathias se sobresalta al escuchar la voz de su pareja.

«—Sólo decirte que estoy bien. Puedes estar tranquilo. En unas horas estaré en casa. Parece que lo de las escaleras no ha colado mucho. En fin, que no puedo alargarme. Te quiero.»

Piii. Fin de los mensajes.

Desconecta el contestador y se estira en la cama. Está cansado, muy cansado. Le duele la cara y el alma. Querría dormir, pero estar solo no ayuda. Piensa en tomar algo de valeriana. Como un torrente proveniente del pecho, vuelve el llanto y rompe a llorar de pura impotencia.

Tres horas más tarde encontramos a un desesperado François sentado delante de un agente de la policía que parece no inmutarse mientras continúa tecleando en el ordenador.

—¿Esto es Europa? No, señores, esto no es Europa. En Francia las cosas funcionan, pero aquí... ¿Qué demonios sucede en este dichoso país? ¡¡Vuelvan a la peseta... o al dírham!! —vocifera François mientras el policía lo observa sin mover un músculo—. Dígame, ¿cómo es posible que solamente teclee con dos dedos? Claro, no me entiende, ¿verdad? No tiene ni idea de francés. Es usted un burro desorejado, un imbécil, un idiota redomado. No ha entendido nada, ¿no es cierto? —continúa François—: Mis abuelos tuvieron que exiliarse a Colliure. Le entiendo perfectamente, pero haga el favor de relajarse. —El cocinero enmudece, hasta que llega el inspector Cebrián, que sostiene en su mano el formulario que previamente rellenó el cocinero.

—¿Monsieur Pignon? Soy el inspector Cebrián. Por lo visto ha sido usted víctima de una agresión, un robo de documentación, dinero, tarjetas de crédito, efectos personales…

—Y también han perdido mi maleta —puntualiza François.

—Siento decirle que ése no es nuestro problema —informa Cebrián.

—Pero estoy viviendo en la indigencia.

—Tendrá que acudir al consulado de su país. En Ibiza hay un viceconsulado, pero no creo que en estas fechas le atiendan.

—Eso es imposible. Los franceses somos gente responsable y seria.

—Lo que usted diga —le responde el inspector mientras anota en un papel—. Ésta es la dirección del viceconsulado en Ibiza.

François se levanta.

—Muchísimas gracias, agente…

—Inspector Cebrián, para servirle.

François sale de la comisaría indignado.

Bajo la alcachofa de la ducha, el agua fría resbala por la cabeza, los hombros, la espalda, el pecho y el resto del cuerpo de Stefano, un hombre que quiere lavar sus pecados de pensamiento y además quitarse los calentones acumulados a lo largo del día.

«Más fría, más fría», dice para sus adentros. Continúa duchándose durante un rato más, hasta que decide cerrar el grifo. En ese momento es cuando se da cuenta de que no hay toallas.

—*Mamma mia!*

Sale desnudo de la ducha y entreabre la puerta de la habitación. Cuando pasa Sylvana, hace acopio de valor y…

—¡Perdona!

Sylvana se acerca.

—Sí, dime. ¿Qué tal ha ido la excursión a la playa? Es bonito Es Cavallet, ¿verdad?

—Muy bonito.

—Pero has vuelto muy pronto. Lo mejor es a partir de esta hora.

—Necesito una toalla.

Sylvana comprende ahora la extraña situación.

—Ah, vale, disculpa. Ahora mismo te traigo un juego de toallas. —Y desaparece enseguida.

El joven cierra momentáneamente la puerta de la habitación. Respira aliviado, pero sólo durante un instante. Su organismo le está jugando una mala pasada. O una buena, según se mire. No puede controlar una erección. Llaman a la puerta. Stefano por un momento duda, pero finalmente entreabre la puerta. Repara en la esclava de oro con un pequeño crucifijo que lleva Sylvana en la muñeca izquierda, pero luego se centra en coger las toallas y cubrirse rápidamente con una de ellas.

—Te pido disculpas por este error. No volverá a suceder.

Lo que menos le importa ahora a Stefano son las disculpas de la chica. Está más preocupado por el efecto tienda de campaña producido bajo la toalla por su inoportuna erección.

—No pasa nada. No te preocupes. Muchas gracias.

—De nada. Si necesitas…

Pum. Él ya ha cerrado la puerta.

—… cualquier cosa, no dudes en llamarme.

Y Sylvana se va escaleras abajo sonriendo de oreja a oreja.

François llama a la puerta del vicecónsul de Francia en Ibiza, según la dirección que le han dado en la comisaría. No parece sorprenderle el rumor del potente *subwoofer* que atraviesa la sólida puerta. Tras un instante de espera y de insistencia por parte de François, un tipo rubio, con la melena aplastada y barba, vestido con unas bermudas y una camiseta negra de pico, le abre. La música escapa por el hueco de la puerta como un tsunami. Suena a todo trapo el *Party Rock Anthem* de LMFAO. La conversación no puede ser de otra manera que a gritos.

—¡Hola! —saluda el rubio.

—¿Es éste el viceconsulado de Francia? —grita François para hacerse entender.

—No tengo ni idea, amigo, pero, si es así, *Vive la France!* —le responde el rubio.

En ese momento se acerca un segundo tipo, que viene a ser una versión del primero pero en pelirrojo.

—¿Eres amigo de Tiffany? —quiere saber el pelirrojo.

—¿Tiffany? ¿Quién es Tiffany? Estoy buscando al vicecónsul de Francia. ¿Es ésta su casa? —insiste el francés.

—¿No llevarás algo de mercancía? —pregunta el rubio.

—¿Mercancía? ¿De qué estás hablando?

—Ah, bueno. El vicecónsul suele irse de vacaciones a París durante el verano. Durante esta época alquila la casa, y hoy estamos de fiesta. ¿Quieres pasar? —le dice el pelirrojo a François.

—¿Una fiesta? Pero ¡esto es suelo francés!

El rubio y el pelirrojo se miran durante un instante y luego le cierran la puerta en los morros al cocinero.

Minutos después, François y Aina vuelven a casa en silencio. François parece estar al borde de la depresión.

En el diminuto cuarto de baño del apartamento, Charly se acicala. Esta noche ha quedado para salir con su amigo Deivid. Ducha fría con gel de marca blanca, después un buen afeitado con cuchilla desechable, una ración de desodorante —ese que sale en un anuncio, que cuando te lo pones las mujeres caen a tus pies— y, para acabar, un poquito de la colonia que tanto le gusta a Rebe y que siempre cae de regalo el día del Padre.

Charly, maqueado y limpio, llega hasta el balcón del apartamento, donde la rutina veraniega sigue su ritmo. Rebe y los peques cenan a la fresca, aunque con un punto más relajado que otras noches. El sexo de media tarde hace milagros.

—¿Puedo ir contigo, papi?

Rebe echa un capote.

—No, cariño. Hoy papi ha quedado con su amigo Deivid, y yo me quedo con vosotros. Cenaremos y veremos una peli de Campanilla, ¿vale?

—¡Síii!

—Nooo. Campanilla no. ¡Yo quiero ver *Cars*!

—¡No, *Cars* nooo!

Ahora es Charly el que intercede.

—A ver, niños, portaos bien y mañana os llevo al parque acuático. Pero haced caso a mamá en todo lo que diga, ¿vale? —Bratt no parece muy convencido—. Y mañana tú y yo vamos a ver *Cars* tantas veces que el Rayo McQueen va a tener que pasar la ITV.

Bratt sonríe y abraza a su padre. Jennifer hace lo mismo. Rebe se levanta y le da un beso de despedida.

—Qué guapo te has puesto, cariño.

—Tú sí que eres guapa.

—Pásatelo bien, pero que no se desmadre mucho el Deivid, que lo conozco.

—Qué va. Está mayor.

—Ya. No hagas mucho ruido cuando vengas. Y un día te quedas tú con los niños y salgo yo, aunque sea con mi madre.

—No creo que le aguantes el ritmo.

—Anda, vete ya.

Se besan. Bratt y Jennifer miran a sus padres y sonríen. A Ronnie también se le ve contento, pero tal vez porque piensa que su dueño lo va a sacar a dar una vuelta.

La estampa que conforman todos al atardecer en el balcón podría ser un cuadro de Edward Hopper en versión cañí que llevaría por título *La familia que veranea unida permanece unida.*

—Ce-bo-lla —pronuncia Aina marcando cada una de las sílabas.

—*Cebolia* —acierta a decir el francés.

Ambos están en la cocina preparando la cena. Aina hace las veces de pinche con el ánimo de echar una mano, pero también de subirle un tanto la moral con una primera clase de español al malogrado François, que parece cautivado por cómo suena la palabra «cebolla» en boca de Aina.

—No, *cebolia* no. Cebolla —repite Aina.

—*Cebolia.*

Aina ríe, y el francés se siente reconfortado aunque haya provocado de manera involuntaria esa risa.

—Repite conmigo: Ce —le dice Aina.

—Ce.

—Bo.

—Bo.

—Lla.

—*Lia.*

—Probemos con otra palabra —propone Aina. Agarra un tomate y pronuncia—: To-ma-te.

—To-ma-te —repite como un loro el francés.

—Muy bien. ¡Bravo!

—¡Bravo! ¡Tomate! —exclama François y luego añade—: ¡*Cebolia, cebolia, cebolia!*

Ambos ríen. François parece haber olvidado sus penas, y Aina se siente satisfecha.

Si Astérix y su aldea gala resisten por siempre al invasor romano, hay partes de Ibiza que se resisten a ser colonizadas por la música electrónica y los DJ. El norte de la isla no baila al ritmo de Guetta, Tiësto o Calvin Harris, sino de otros sones: desde los ritmos étnicos y ancestrales que debieron de traer los primeros hippies a las playas de Sant Joan y Sant Carles, hasta el chill out que nació en el Café del Mar y acompaña siempre las puestas de sol en Sant Antoni. En esas latitudes sonoras y geográficas es donde más a gusto se encuentra Deivid, el amigo de Charly.

Se pone el sol en la playa de Benirrás, y el famoso runrún de los tambores empieza a resonar. Hay ambientazo en la arena, como cada domingo. Un montón de personas se arremolinan alrededor de quienes tocan los bongos, *djembes*, *dum dums, sangbans, kenkenis* y muchos más instrumentos de percusión de nombres desconocidos. Cerca de una caseta de piedra, una chica en biquini realiza distintas posturas de yoga; está de pie sobre las piernas de su pareja, que toca un extraño instrumento parecido a una gran trompeta tibetana. De repente, la muchacha empieza a moverse como una cobra. La mezcla de sonidos tiene algo litúrgico y lisérgico. Más allá, otras tres chicas se preparan para realizar unos juegos malabares con fuego. El gentío, la luz naranja que luce tras el Cap Bernat, el fuego, el humo, las sombrillas hechas con paja, todo ello crea un espíritu africano que renace cada tarde en este rincón, y que recuerda que el Mediterráneo tiene tanto de África como de Europa.

—Pensaba que me llevarías al Ushuaïa para ver a Avicii, *nen* —comenta Charly.

—¡Uf! Quita, quita. ¿En agosto? No sabes lo que dices. Está a reventar. A mí me va más este rollo. Al principio, cuando llegué a la isla, iba más a las discotecas, pero ahora, como mucho, voy a algún cierre del Space para ver a los colegas o al DC-10.

—Bueno, es que tú no bailabas ni con los Chemical Brothers, tronco.

—Sí, yo soy más de mis bongos y mis porritos.

—Pues pásame ése, que huele a uñas. No te lo apalanques.

—Cuidado, que esta hierba no es como la del otro día.

—Anda, *exagerao*…

Deivid le pasa a su amigo un porro de dimensiones astronómicas. Dos profundas caladas, y el paisaje le da a Charly un giro de ciento ochenta grados.

—¡Uau! Qué mareo, *nen*.

—Te lo he dicho. Esto es AK-47. Es que cada vez me costaba más encontrar semillas de Afgani, Purple Thai o Mexican Oaxaca; al final, un colega mío, el Junior, me da esta maría que utilizan para usos medicinales de tapadillo. Mola, ¿eh?

—Joooder. —Charly se estira en la arena—. Menudo pelotazo.

A Charly se le dibuja una sonrisa en la cara de oreja a oreja. Deivid se estira a su lado.

—¿Te acuerdas de aquella vez en el barrio que íbamos *fumaos*, nos entró el hambre y nos comimos seis barras de pan?

—Sí. Ja, ja, ja. La panadera aún me lo recuerda a veces cuando voy.

—Mi vieja flipaba. Me dijo: «Deivid, han llamado de la panadería diciendo que os habéis comido seis barras. ¿Eso es verdad?». Y yo con los ojos todos rojos: «Qué va, mamá, esa mujer es una... *ajerá*». No me salía la palabra «exagerada». Y sólo le repetía a mi madre: «*Ajerá*, es una *ajerá*».

—Ja, ja, ja.

—Voy a pillar algo de beber.

Deivid se va hacia el chiringuito más cercano, y Charly se queda estirado en la arena. Al cabo de un rato, que para él podrían ser treinta segundos o treinta horas, se gira y se ve a sí mismo acostado a su lado. La AK-47 sigue haciendo efecto.

—Joooder...

Llega Deivid con dos vasos de plástico llenos de cerveza.

—*Nen*, esta maría es la bomba.

—Te ha subido, ¿eh?

—Ya ves. Lo que me preocupa es que, cuando me baje, tenga que empezar a apartar dragones por el pasillo del apartamento.

—¡Anda, no seas *ajerao*! Para cuando llegues, ya estarás fresco como una rosa. Tú confía en mí.

—Pues venga, salud. ¡Chinchín!

—¡Chinchín!

Ambos colegas brindan y beben. Charly le da otra buena calada al porro. Y vuelve a reírse.

—¿Y ahora de qué te ríes?

—Que mucho rollo hippy y mucho rollo ecologista, pero en estas fiestas los vasos siempre son de plástico.

—*Pozí*.

Sigue anocheciendo, siguen sonando los tambores y siguen recuperando el tiempo perdido los dos colegas que hace años que no se veían.

De la densidad y diversidad de establecimientos del West End en Sant Antoni emana un festival de efluvios que arruinaría el olfato de cualquier sumiller. A eso se le suma la amplia variedad de alcoholes que se sirven. Así, el primer pelotazo que se cruje el cuarteto británico viene acompañado del inconfundible aroma del *döner kebab* que hay justo al lado del bar donde se encuentran.

—¡Por Henry! —dice Stuart invitando a los demás a seguirle.

La segunda se la beben mezclada con el característico aroma de unos *hot dogs*.

—¡Por Henry! —repite Liam.

Y la tercera, con el tufo familiar de la fritanga de una batería de freidoras donde nadan en aceite hirviendo centenares de gajos de patata.

—¡*Bor* Henry! —acierta a decir Burns.

Horas después, cuando abandonan el tercer bar, los cuatro amigos ya van bastante mamados. Pero no tanto como para desentonar con la marea zombi con la que se cruzan y comparten aceras y calzada. A pesar de ir tan borrachos todavía conservan la habilidad de no tocarse los unos a los otros.

Puede que también se concentren en que eso no suceda para no generar una situación tensa, que derive en una pelea y acaben a hostia limpia. Burns camina tan concentrado para no perder el equilibrio que ese ensimismamiento provoca que se le caiga la urna al suelo. Del impacto se abre, una buena parte de las cenizas quedan desparramadas por el suelo y otras salen volando. Durante un instante, todos enmudecen.

—Oh, Dios mío —musita Liam.

Burns se agacha y torpemente intenta recoger las cenizas de Henry. Jeremy le ayuda.

—¡Joder, joder, joder! —exclama un angustiado Burns.

—¿Qué haces, Burns? Qué asco, por Dios —suelta Stuart.

Los otros reaccionan enseguida ante este comentario.

—¿Qué estás diciendo? —le pregunta Burns con el cable ya medio cruzado.

—Nada…, que no sé cómo podéis tocar esa mierda —se atreve a decir un Stuart que ya no va a dar marcha atrás.

Liam y Jeremy se miran entre ellos.

—¿De qué diablos estás hablando? Es Henry —clama Burns con la mirada vidriosa.

—¿Henry? Yo no veo a Henry por ningún lado, sólo veo un montón de polvo —precisa Stuart—. ¿Hola, Henry? ¿Estás ahí? —continúa en un tono burlón—. Yo no oigo a nadie, ¿vosotros sí?

—Stuart, contrólate —le recomienda Jeremy, al que no le hace ni puta gracia que Stuart se esté pasando de frenada.

Burns se levanta hecho una furia, deja en las manos de Liam la urna ya cerrada y se va directo hacia Stuart para pegarle una hostia.

—¡¡Eres un jodido hijo de puta!! —exclama enfurecido y desbocado Burns.

Jeremy se interpone entre Burns y Stuart.

—¿Vas a pegarme? Venga, vamos, mariquita… Te estoy esperando —le advierte Stuart, que ya ha decidido no bajarse del burro, pase lo que pase.

Jeremy, para evitar seguir forcejeando con Burns, y que éste golpee a Stuart, lo empuja y consigue apartarlo un par de metros.

—¡Basta ya, joder! —reclama Jeremy.

—Fue culpa tuya, hijo de puta. Fue culpa tuya —repite mascullando Burns.

—¿Qué fue culpa mía? —pregunta Stuart con un punto chulesco.

—Chicos, vamos a dejarlo —exige Jeremy.

—Lo dejaste solo —confiesa Burns.

—Yo no dejé solo a nadie —contesta Stuart.

—Eh, un momento. ¿Qué está pasando? —quiere saber Liam.

—Lo dejaste solo, dejaste solo a Henry. Pude verlo desde abajo, cabrón hijo de puta —asevera Burns.

—Has bebido más de la cuenta —le dice su adversario.

—¿Es eso verdad? —pregunta Jeremy a Stuart.

—Pero ¡cómo puedes creer a este gilipollas mamado que es incapaz de llevar una puta urna! —alega Stuart.

—¿Dejaste solo a Henry en Heysel? —pregunta Jeremy sin rodeos.

—No podía hacer nada —dice justificándose Stuart.

—¿De qué cojones estás hablando? —inquiere Jeremy, al que se le está acabando la paciencia.

—Explícaselo. Explícale cómo pasaste por encima de Henry para salvar tu culo —revela Burns a sus compañeros.

—¡Hijo de puta! —exclama Liam.

—¿Hiciste eso? —pregunta Jeremy.

—Vamos a calmarnos —pide Stuart, que percibe que el asunto se está yendo de madre.

—Y una mierda. Tuviste la oportunidad de salvarlo. En ese momento todavía podías. Sólo necesitaba una mano. Sabías de sobra que Henry no saltaría solo; las alturas le daban vértigo. Y lo dejaste allí hasta que se le vino encima toda aquella gente —suelta finalmente Burns.

—¡No podía tirar de un tipo de casi ciento veinte kilos, joder! ¡Todavía no sé cómo utilizaron sólo dos putas urnas para meterlo dentro después de que lo incinerasen! —grita Stuart.

El grupo se queda en silencio. Un silencio que refrenda la versión de Burns. Jeremy necesita descargar toda su rabia y opta por golpear una papelera en vez de asestarle un puñetazo en la cara a Stuart. Resultado: fractura de falange.

—¡Me cago en la puta! ¡Joder! —exclama dolorido Jeremy, que intenta aliviar el dolor de la mano recogiéndosela con la otra, lo suficiente como para, a continuación, darle una patada a otra papelera.

—Esto es lo que me hubiera apetecido hacerte a ti, hijo de puta —le dice a Stuart mientras se larga de allí con la mano debajo de la axila.

La cena está servida en casa de los Planells. Alrededor de la mesa están padre e hija, y los amigos del primero. Vecinos de fincas contiguas y, como Toni, también agricultores. El más magro, de piel aceitunada y ojos negros y hundidos, es Josep; el otro es Tomeu, orondo, de pelo cano y abundante, y excesiva papada. François ha elaborado un plato demasiado sofisticado, y el sector más granado de los comensales observa con cierta desconfianza.

—¿Qué es esto? —pregunta Tomeu.

François, que no entiende la pregunta, busca con la mirada a Aina.

—Es una lasaña de verduras sobre un fondo de tomate confitado —responde Aina.

—Pero ¿esto se come o se mira? —interviene Josep, y enseguida se ríe de su propia ocurrencia.

Toni lo prueba y lo encuentra exquisito. Tomeu saca el teléfono móvil del bolsillo y hace una foto del plato.

—Quería acompañarlo con corazones de alcachofa, pero… —explica François.

Aina traduce.

—Ah…, pero no es temporada, y lo que no es de temporada no es natural. A nosotros nos gusta que sea… —empieza a decir Toni, pero François lo interrumpe.

—Natural, todo natural.

—¡Eso es! Mañana acompañará a Aina al mercado y podrá comprobarlo —aclara Toni.

François fija la mirada en Aina, que disfruta de cada bocado.

—A mí la cocina francesa ni fu ni fa, pero sin duda tiene presencia —aclara Tomeu mientras observa cómo ha quedado la fotografía que ha hecho con el móvil—. Esta foto la cuelgo en mi *Feisbu*.

El chef francés queda un tanto descolocado con esa declaración tecnológica del agricultor.

—¿Qué pasa, que en Francia no tienen *Feisbu*?

Todos ríen la ocurrencia de Tomeu. Y la velada y el cruce de miradas entre François y Aina continúan su curso.

Durante los poco más de ciento veinte días que dura la temporada estival en Ibiza, se podrían contabilizar unas mil doscientas fiestas si sumamos las diferentes ofertas de las discotecas y los clubes durante los siete días de la semana. Eso, claro, sin contar las celebraciones privadas en casas, playas o descampados. Una de las fiestas más antiguas es el Flower Power de Pachá, la pionera discoteca ibicenca y piedra angular del imperio de las cerezas fundado por Ricardo Urgell, cuando éste aterrizó en la isla desde Sitges a principios de los años setenta. El Flower además organiza una noche especial el segundo martes de agosto, llena de famosos y celebridades.

En ese *photocall* en la entrada de la discoteca Pachá, plagado de cerezas por un lado y periodistas por el otro, se encuentra ahora Martín, cogido del brazo por Tiffany London. A su lado Francisco Ferrer, director de Pachá y Carlos Martorell, organizador del evento.

La rapidez de los flashes es equivalente a la rapidez de las preguntas simultáneas que lanzan los reporteros y fotógrafos al grupo. Martín, que probablemente aún esté eliminando algo de MDMA en sus gotas de sudor, se siente en una nube. Tiffany sonríe, encantada con el alboroto, encantada de ser el centro de atención y sobre todo encantada de sí misma. La ráfaga de preguntas no para.

—Tiffany, ¿quién es tu acompañante?

—¿Cómo se llama? ¿Cuántos años tiene? ¿A qué se dedica?

—¿Hace cuánto os conocéis?

Como respuesta, Tiffany sólo sonríe sin decir una palabra y sin soltarse del brazo de Martín. Agarrada a él, inicia un juego de posturitas para deleite de todos los presentes. Las preguntas aumentan el tono.

—¿Es un amigo o algo más?

—¿Es un amor de verano?

—¿Podéis besaros?

—¿Qué opinas sobre las declaraciones de tu padre en las que asegura que te va a desheredar?

¡Chimpún! Tiffany da por concluido el momento *photocall*. Saluda a la prensa y se retira lanzando besitos a diestro y siniestro. La cola de famosos, rostros populares y desconocidos que quieren vivir su momento de gloria sigue desfilando ante la prensa. Desgraciadamente el presentador de televisión al que le toca posar en ese instante se da cuenta de que la mayoría de los fotógrafos se van tras el séquito de miss London y aquel enigmático acompañante que nadie sabe quién es. El pobre presentador disimula y decide adentrarse en el local. Esta noche su cara no le interesa a nadie.

Deivid y Charly están pasándoselo en grande en la playa. Hasta ellos ha llegado un grupo de chicas, y todos juntos alrededor de una hoguera en la arena ríen y beben. Una voz rota suena a escasos metros de Charly:

—No sé si me gusta mucho que andes por ahí tonteando con otras.

El chaval se gira y se encuentra con los grandes ojos y la sonrisa cómplice de Angie, su suegra. En el estado feliz de Charly, la cosa le resulta muy graciosa.

—Pero, bueno… Qué sorpresón. Mira, Deivid, ha venido mi suegra. ¿Te acuerdas de ella?

—Creo que se acuerda más de mis tetas, ¿verdad, Deivid?

Los chavales ríen la ocurrencia de Angie. Deivid le planta dos besos a la recién llegada y se anima.

—¿Has venido sola?

—No, he venido con un amigo, pero se va en un rato. Tiene que trabajar.

Charly y Deivid advierten la presencia del cachas que acompaña a Angie. El mismo que intentaba abrir con ella la otra noche la puerta del apartamento.

—Bueno, ¿qué? ¿No tenéis nada para mí?

Los dos colegas no parecen pillarla a la primera y se miran el uno al otro. Finalmente Deivid cae en la cuenta.

—Joder con tu suegra, Charly. No se corta nada.

Charly sólo está para sonreír, pero Angie insiste.

—Ay, si yo os contara. Bueno, ¿de qué vamos, chicos?

—Colega, ni se te ocurra darle lo que me has dado a mí.

—Venga, Charly, que ya soy mayorcita. Pásamelo, chiquitín.

—Bueno, es una hierba un poco fuerte…, señora.

—¿Señora? ¿Me has llamado «señora»? Como no me pases ahora mismo ese porro, te arranco las pelotas.

Deivid mira a su colega. Se ríen. Angie los tiene alucinados. Se dan por vencidos.

—Venga, tú ganas. Pero no le des muy fuerte. Es AK-47. Me la da un amigo mío que…

Al chaval no le da tiempo de terminar la frase. Ella ya ha cogido el porro y le está dando candela.

—¡Uf! Qué rica. —Le guiña un ojo a Charly—. A la Rebe ni mu, que si no nos arma la de Dios.

Charly le pasa el brazo por el hombro a su suegra en busca de complicidad.

—Pero tú no le vas a contar nada, ¿no?

—Qué granuja eres, yerno.

Angie se levanta y empieza a moverse al ritmo de los bongos que están cerca de la hoguera. A los pocos segundos ya se ha convertido en el centro de atención de los allí congregados. La verdad es que la sensualidad del movimiento de su cintura ganaría de calle a las de Beyoncé y Shakira juntas. Charly apura su cerveza y se arranca a bailar con su suegra. Deivid ríe y aplaude sentado en el suelo, mientras le pasa la «pipa de la paz» a una de las chicas que también están sentadas en torno al fuego. El buen rollo se ha adueñado de todos los presentes.

Parte de la camada inglesa —Mike, Sean y Ethan— con unos tragos de más se planta frente a la puerta de la habitación de Amy. Mike lleva una botella de vodka barato de la que bebe de tanto en tanto mientras golpea de manera insistente la puerta. Amy, en braguitas y con una minúscula camiseta de tirantes con una cara estampada de Kate Moss con bigote, se levanta semidormida y abre. Al ver a Mike, ya es demasiado tarde; éste consigue colarse, y también lo hacen Sean y Ethan. Amy claudica. Enciende un cigarrillo y se sienta a los pies de la cama. Expulsa el humo acompañándolo de un bufido.

—Hemos pensado que tal vez te apetecía tomar una copa —sugiere Mike con una sonrisa maliciosa.

—Está bien —dice Amy muy resuelta. Deja el cigarrillo en el cenicero y, ante la alucinada mirada de Ethan y Sean, agarra la botella de vodka, le da un trago, le desabrocha los pantalones a Mike, lo empuja hacia la cama y después de bajarle los pantalones y los calzoncillos de un tirón, empieza a chuparle la polla como si no hubiera otra sobre la faz de la tierra—. ¿Te gusta? —pregunta mientras sube y baja los labios desde la base hasta el glande.

—Uau… —acierta a decir Mike, que no acaba de creer lo que le está sucediendo.

—Pues ya verás ahora —susurra Amy y, acto seguido, vierte parte del contenido de vodka sobre el pene y vuelve a la carga.

—Alucinante —responde Mike, que está a punto de correrse.

—Pues no te pierdas esto —dice Amy vaciando el contenido íntegro de la botella sobre el pene de Mike para prender a continuación el encendedor que tiene en su mano. La llamarada ilumina las caras de Ethan y Sean.

—¡¡Ahhh!! Pero ¿qué haces? ¡Zorra! ¡Estás loca! —clama Mike, que nota cómo le arden la polla y los huevos. Enseguida empieza a revolcarse sobre la cama para intentar extinguir el fuego. Aterrado abandona la habitación; tras él, huyen Ethan y Sean acojonados dejando en la habitación ese olor característico cuando arde el vello humano parecido a la piel de pollo quemado.

Amy abre el balcón, enciende otro cigarrillo y no puede reprimir una sonora carcajada que retumba en las paredes del patio del hotel.

En la playa de los tambores queda ya muy poca gente y casi todos están recogiendo. El agua se ha teñido de plata por gentileza de la luna llena que brilla en el cielo.

Charly y Angie están sentados en unas rocas que hay al final de la cala, cerca del mar. Ni rastro de sus respectivos acompañantes, Deivid y el negrazo.

—Es majo tu colega.

—¿El Deivid? Sí, una caña de tío.

—¿Hacía tiempo que no os veíais?

—Mogollón. He perdido la cuenta y todo.

Angie le da una buena calada al porro que tiene en la mano.

—Y esta hierba es buenísima. ¿La cultiva él?

—Ya no. Antes cultivaba y me mandaba por WhatsApp

las fotos de sus macetas. Pero, entre los vecinos que se las robaban y las visitas de la poli, desistió. Ahora se fuma la que le da un amigo suyo. Me dijo que la usan en el hospital con fines medicinales.

—Cojonuda. Toma, acábatelo.

—¡Uf! Yo llevo un globo que no sé ni cómo voy a volver al apartamento.

—Nos esperamos un ratito hasta que se nos pase el pelotazo y pillamos un taxi. Tranqui.

—Aunque me quedaría aquí a vivir, como el Deivid.

—Y yo.

Angie le pasa el porro a su yerno y se pone de pie. Con parsimonia se baja los tirantes y deja caer el vestido corto que lleva; se queda en tanga. Charly la mira dándole otra calada a la hierba.

Angie entra en el agua y nada. Los tambores de la playa hace rato que dejaron de sonar, pero a Charly le retumban ahora en sus sienes. Otra calada más. La AK-47 bombea THC por sus venas. Charly, con la mirada fija, se desnuda y se adentra en el mar. Ahora son dos las sombras que se recortan en el agua plateada de Benirrás. Charly da unas brazadas hasta donde está Angie. Ella está mirando fijamente la luna llena.

—¿Has visto qué luna tan bonita?

Pero él sólo tiene ojos para su suegra, aunque ahora ya no es su suegra. Ya no es la madre de su mujer, es tan sólo Angie, una belleza desnuda en una playa maravillosa. Charly la abraza por detrás, y ella nota el buen miembro de él totalmente duro. Con la respiración acelerada, se gira; los dos quedan cara a cara. Los ojos de uno se pierden en los del otro, y los cuerpos adoptan esa dulce rigidez que previene a un buen polvo inesperado.

Se besan. Sus lenguas se devoran. Charly agarra por debajo del agua el culo de Angie y de un empujón la penetra. Y yerno y suegra empiezan a follar como se folla en una noche de luna llena de agosto: con ganas.

En el interior de la discoteca Pachá, el grupo de Tiffany y Martín se ha instalado en uno de los reservados que se habilitan para quienes están dispuestos a pagar miles de euros a cambio de estar separados del resto de los mortales por un trozo de cordel y tener una atención más personalizada. Son los famosos «privados» de las discotecas ibicencas. Desde esa posición, Martín está alucinando. Observa a la gente disfrazada con pelucas, gafas estrambóticas, collares de flores, camisas hippies y pantalones acampanados. Todos bailan la misma banda sonora que desde hace treinta años destila el DJ Piti Urgell con sus discos a base de mezclar Rolling Stones, Beatles, Beach Boys, Bob Marley, The Mamas & the Papas y cualquier *hit* internacional de los años sesenta y setenta. Pero, entre baile y baile y entre copa y copa, todo el mundo tiene tiempo para mirarse y ser mirado, algo obligado en el verano de la isla. Ver y dejarse ver. Y Martín se da cuenta de que esta noche todas las miradas se centran en él. Tiffany le da una galleta que un caballero con peluca a lo Jimi Hendrix acaba de ofrecerle a ella en una bandeja.

—Me encantan las galletas de mi amigo Pepe, prueba una.

Martín obedece. Tiffany le coge de la mano.

—Vamos.

El chaval ya se ha acostumbrado a esos cambios de ritmo inesperados, mastica la *cookie* y se deja llevar. Los guardaespaldas les abren camino por escaleras, puertas, pasillos subterráneos, esquinas y más escaleras, hasta llegar a una zona de baños. Con una llave magnética, les franquea la entrada a un discreto habitáculo que el 99 por ciento de la clientela no conoce. Tras ellos la puerta se cierra, y fuera queda la guardia pretoriana.

Tiffany abre su bolso, saca una bolsita y de su interior extrae cuidadosamente una montañita de polvo con la punta de una tarjeta. Extiende sobre la mesa la cocaína y hace unas rayas. Martín observa la traza de la chica en todos sus movimientos. Cuando ella le extiende una pajita cortada para que él proceda, ni se le pasa por la cabeza decirle que nunca, hasta la noche anterior, había consumido nada que no fuera un porro con sus amigos en la parte trasera de la catedral de su ciudad, Salamanca. Ese rincón al que le llaman el Patio Chico y que ahora está tan lejos del cuarto clandestino en el que está a punto de meterse su primer tiro. Martín esnifa. Fuera suenan los Stones.

> *I can't get no satisfaction,*
> *I can't get no satisfaction.*
> *'Cause I try and I try and I try and I try,*
> *I can't get no, I can't get no.**

—¿No te agobia que siempre haya tantas cámaras a tu alrededor? —Mientras pregunta, Martín no puede dejar de tocarse mecánicamente la nariz debido al leve picor que le ha dejado la farlopa. Si además supiera que la galleta que se ha co-

---

* No puedo obtener satisfacción. / No puedo obtener satisfacción. / Y lo intento. Lo intento. Lo intento. / Pero no puedo. No puedo.

mido antes estaba hecha de marihuana, igual se pondría nervioso. Pero, a veces, no hay por qué saberlo todo.

—No entendería mi vida sin todas esas cámaras y toda esa gente preguntándome cosas constantemente. El día que no estén me suicidaré. Además esta situación contigo me resulta muy divertida. No hay nada que me ponga más que hacer correr rumores sobre mi vida. ¿No te parece divertido?

—Mucho.

—Perfecto. Me encantaría que te vinieras a la casa que he alquilado por unos días. La prensa se va a volver loca con toda esta movida.

Martín sigue en modo monosilábico y aspirando el leve moqueo de sus fosas nasales.

—Guay.

Ella vuelve a meter la mano en su bolso. Ahora saca una cajita y la abre. Pastillas rosas en su interior. A Martín le parecen una especie de pequeños fantasmas, pero no está seguro. Tiffany le pone una en la boca.

—¿Qué es? —Martín ha pretendido darle interés al tono de su pregunta para que no quede patente que no tiene ni idea de lo que le están poniendo en la lengua.

—La llave que abre las puertas del cielo.

Tiffany se ha acercado mucho para decirle eso. En ese momento, los ojos de Tiffany le parecen a Martín de un azul tan intenso como el de un cielo soleado sobre el río Tormes, aunque el pensamiento dura tan poco como el tiempo que tarda Tiffany en bajar su cabeza hasta la entrepierna de Martín.

El chaval tiene ganas de gritar: «¡Soy el rey del mundo!», pero el maxilar inferior ha empezado a relajarse, y la serotonina que libera su cuerpo sólo le permite pensar en la larga y dulce mamada que se le viene encima.

Fuera el Flower sigue mezclándose con el Power, y los Stones han dejado paso a los Doors.

Mama take this badge off of me,
I can't use it anymore.
It's getting dark, too dark to see,
feels like I'm knockin' on heaven's door.

Knock-knock-knockin' on heaven's door.
Knock-knock-knockin' on heaven's door.
Knock-knock-knockin' on heaven's door.
*Knock-knock-knockin' on heaven's door.**

Ya hace rato que Tomeu y Josep se marcharon de casa de los Planells y que Toni se encaminó hacia su habitación. A pesar de que la ventana del comedor está abierta, la cortina muestra el mismo comportamiento que el plomo. La noche es pesada y húmeda. François y Aina, uno frente al otro y repantigados en sus respectivas sillas se han dejado vencer por el trajín de la cena y el calor de la noche. François se pasa la manga de la camisa con doble intención: secarse el sudor de la frente y lanzar una mirada al escote brillante de Aina de manera furtiva. Ella esboza una sonrisa interior porque lo ha pillado mirándole las tetas, aunque de eso él no es consciente. Aina se levanta y sale del comedor. François se inquieta primero, pero después deduce que no se va a dormir porque en esa dirección no se encuentra la habitación de Aina. El francés pone en alerta sus sentidos intentando averiguar des-

* Mamá, quítame esta placa, / no puedo usarla más. / Está oscureciendo, demasiado oscuro para ver. / Es como si estuviera golpeando las puertas del cielo. / Golpeando las puertas del cielo…

de el comedor qué demonios está haciendo Aina. Cuando oye los pasos de vuelta de ésta recupera la posición de apoltronamiento en la que estaba. Aina aparece con una botella de cristal mate con un sencillo labrado y dos copas minúsculas que bien podrían haber pertenecido al ajuar de su bisabuela.

—*Limoncello* —informa Aina sonriendo—. Hecho según la receta de mi amigo Rocco. Todo natural.

Y acompañando la sonrisa de un gesto le da a entender a François que le siga. Ambos salen de la casa. El cocinero un paso por detrás y visiblemente excitado. Desconoce cuál es la intención de Aina y ése es motivo suficiente para que se le acelere el pulso, que se le acaba disparando cuando la muchacha deja sobre la piedra del abrevadero las dos copas y la botella y comienza a desnudarse hasta quedarse en ropa interior. Dos piezas de algodón que en contacto con el agua se difuminan.

—Esto es lo mejor para combatir el calor —dice Aina antes de acabar de zambullirse.

François permanece inmóvil al pie de la pileta observando el cuerpo inerte y sumergido de Aina e intentando construir la enésima (y obvia) fantasía que aquella situación le provoca cuando emerge la ninfa.

—Vamos, sirve un par de chupitos y métete en el agua —le dice Aina.

François entra en conflicto consigo mismo al no saber qué hacer primero: servir o quitarse la ropa. Casi milagrosamente consigue hacer las dos cosas sin caerse y sin romper nada. El abrevadero es estrecho y resulta inevitable que los cuerpos se rocen. Húmedo y firme nota François el de Aina, que toma su copa y la alza.

—Salud.

—Salud —repite el cocinero.

Ambos apuran la copa.

—Me encanta el sabor que me deja el *limoncello* en los labios —dice Aina, y acto seguido besa al francés, se levanta y sale del abrevadero dejando un reguero de agua tras de sí y a François relamiéndose mientras es mecido por el vaivén del suave oleaje. La noche continúa siendo muy calurosa.

El día rompe, y el sol se refleja en la tranquila playa de Santa Eulària des Riu. Después de una noche en vela, Mathias, que ha decidido hacer de sus gafas Tom Ford un complemento imprescindible para disimular las heridas de guerra, espera ansioso el regreso de Lukas. Para combatir esa ansiedad intenta, no sin cierta dificultad, seguir con la organización de la boda.

Klaus y Ralf le hacen compañía desde hace una hora. Acaban de llegar a la isla procedentes de Berlín y están vaciando sus maletas, ya que se instalan en la casa de los novios en calidad de madrinas de la boda.

Mathias los ha puesto al día nada más llegar, obviamente con la versión de las escaleras para no liarla más todavía, y ambos están con ese punto germánico de que el sur es un desastre.

—No pueden retener a una persona veinticuatro horas en una comisaría. ¡Por el amor de Dios! —exclama un afectado Klaus mientras ordena sus camisas de marca (Cavalli, D&G, Versace, Etro) por colores.

—Y menos a un ciudadano alemán —añade Ralf, que sostiene en brazos a Kylie, un cachorro hembra de bulldog francés, a la que pasea sin rumbo de un lado para otro del salón.

—¿Has llamado al consulado? —Klaus saca ahora de la maleta con sumo cuidado sus camisetas, que tampoco son precisamente de Zara: Prada, Armani, Gucci…

—Espero que no le hayan puesto la mano encima. —La afectación de Ralf contagia a la perrita, que empieza a aullar.

—Ralf, por favor, estás estresando a Kylie. Además no se atreverán a hacerle daño.

—Acuérdate de *El expreso de medianoche* y del trato que reciben los presos en este país. —Ralf está *on fire*.

—Es verdad. Con esos vigilantes enormes y peludos visitando tu habitación a medianoche. —Klaus decide seguirle el juego a su pareja.

—Y esas enooormes porras… Sudorosos y vestidos de látex.

—Chicos, esa película pasaba en Turquía. —Mathias tercia en la conversación antes de que el par de locas que tiene en casa llamen al Tribunal de La Haya para reclamar un acto de desagravio internacional.

—Turcos o españoles, ¿qué más da? —Ralf cambia de tercio para calmar a su perrita—. Tranquila, Kylie. El tío Lukas está bien, ahora lo verás.

—Sí, estad tranquilos. Es algo rutinario en estos casos. No deja de ser un malentendido. Lukas está de camino. Voy a llamarlo.

Mathias se marcha hacia su habitación. En ese momento llaman al portero automático de la finca. Mathias le pide a Klaus que abra.

—Debe de ser algo de la boda, Klaus. Atiéndelos, ahora voy.

Klaus descuelga el interfono y se activa la videocámara de la entrada.

—Hola, buenos días. Me llamo Gustav Preuss, soy periodista de la agencia Mann-Press. Quería hacerles una entrevista a los novios antes de la boda.

Ralf, al oír la palabra «periodista», no tarda ni un segundo en adueñarse del telefonillo y ahora mete baza sin que Klaus pueda evitarlo.

—¿No lo sabe? Es terrible, muy fuerte que tengan a un ciudadano alemán retenido. Este país es tercermundista.

El periodista sospecha que ahí puede haber algo más que una exclusiva prenupcias y se apunta al carro.

—Algo he escuchado esta mañana, pero ¿cómo puede ser eso?

Y Ralf, que en ese momento se siente el centro del universo, entra al trapo.

—Eso es justo lo que nosotros nos preguntamos: ¿cómo va a ser verdad que Lukas pegue a Mathias, con lo que se quieren?

La cara del periodista indica que el eco de sociedad que él iba a cubrir se está convirtiendo en un filón.

—Claro, claro…

—Además, si fuera cierto, nosotras lo sabríamos, ¿verdad, cari?

Pero Klaus no está para muchas preguntas. Se ha dado cuenta, por la reacción del periodista, de que Ralf está hablando más de la cuenta. Intenta dar por acabada la conversación.

—Bueno, tenemos que dejarle, estamos muy ocupados con los preparativos de la boda —dice Klaus antes de colgar. Luego dirige la mirada a Ralf y le pregunta desconcertado—: ¿Te has vuelto loca?

—Pero ¿por qué, cariño? —Ralf no entiende la reprimenda, pues para él sólo estaba contando la verdad.

—Es un periodista.

—Sólo intento denunciar ante los medios el maltrato al que están sometiendo a un ciudadano alemán.

—Oh, vaya, de repente eres la versión gay de Julian Assange.

Mathias se acerca al vestíbulo de la casa. En su cara, una sonrisa; la primera desde hace muchas horas.

—¿Quién era, Klaus?

—Ehhh… Se han equivocado.

Mathias no le da importancia porque sólo piensa en la conversación telefónica que ha mantenido con Lukas hace unos minutos.

—Lukas ya está libre. Tengo que ir a buscarlo al juzgado.

—¿Cómo? ¿Lo van a juzgar? —Ralf vuelve a su clave dramática, y los aullidos de Kylie la refuerzan.

—No. Un juez quiere comentarnos algo para cerrar este asunto. Parece que las cosas se van aclarando.

—Menos mal. Vamos, te acompañamos. —Klaus tiene prisa por salir de la casa y ver si el tema del periodista se queda en nada.

Pero no es así. Al salir de la villa, el reportero que ha olido la exclusiva ya está escondido entre unos matorrales con una cámara de fotos Nikon D300 armada con un lente AF-S 600 mm, la herramienta preferida del gremio de los *paparazzi*, como afirmó una vez David Anthony. Clic, clic, clic. Unos disparos incruentos. O no, a juzgar por las palabras del fotógrafo mientras aprieta el botón de su máquina:

—Esto es un bombazo.

No hay ni un alma en la piscina. Debbie está estirada en una hamaca hojeando una revista. Ni siquiera está leyendo. Pasa las páginas de forma mecánica, sin fijarse en nada concreto, utilizándola como parapeto entre el mundo y ella. En ese momento llega Jeremy y se tumba en la hamaca contigua, absolutamente resacoso, oliendo a alcohol y a noche. Él es consciente de que el horno no está para bollos y, en un infantil intento de aproximación a Debbie, le muestra la férula que le han puesto en Urgencias para sujetar el dedo que se fracturó al golpear la papelera. Debbie sale de detrás de la revista y fija su mirada, también escondida tras las gafas de sol, en su marido. Primero observa el dedo y luego mira directamente a Jeremy a los ojos.

—No quiero saber nada —dice Debbie con un claro tono de advertencia.

—Pero…

—He dicho «nada».

Jeremy se da por vencido, y Debbie vuelve a refugiarse en la revista.

La mañana en Figueretes está nublada. Es lo que tienen las islas: en una parte luce un sol radiante y en la otra parece que va a caer el diluvio universal. Tal vez por eso, tal vez porque es lunes, hay poca gente en la piscina de los apartamentos Poseidón V.

En el piso de Charly y Rebe, al parecer, también hay nubes y borrascas. Él con las gafas de sol puestas, y ella tomando un café totalmente seria y callada. En el sofá, Bratt y Jennifer se pelean por el mando a distancia del televisor.

—No quiero ver *Doraemon*.

—Pues yo sí, tonta.

—Papá, Bratt me ha llamado «tonta».

Pero papá y mamá no reaccionan. Los niños podrían coger un bate de béisbol cada uno y abrirse la cabeza, y los padres no se enterarían. Alguien llama a la puerta. Ronnie, que con su sentido canino intuye algo, no se mueve, pero los niños saltan del sofá.

—Abro yo…

—No, yo…

Bratt resbala y se golpea con el marco de la puerta.

—Ahhh. La Jenni me ha empujado.

—¿Qué dices? Te has caído tú solo.

Sin competencia alguna, Jennifer llega hasta la puerta y abre. Aparece Angie. También lleva gafas de sol, pero parece la única persona alegre en ese lugar.

—Buenos días, familia.

Pero, nada más entrar, se da cuenta de que no es el momento adecuado. La mirada de un seguidor del Barça ante un gol de Cristiano Ronaldo en la final de la Champions League sería más dulce comparada con la mirada de Rebe, clavada en su madre. Charly es incapaz de levantar la vista de la mesa del comedor.

La propia Rebe rompe la tensión.

—Niños, id a poneros el bañador, que ahora bajamos a la piscina.

—Pero, mamáaa, me duele el golpe.

—He dicho que vayáis a cambiaros… ¡Ya!

El «Ya» ha retumbado como un misil tierra-tierra. El llanto de Bratt ha parado. Los hermanos se miran y se encaminan hacia la habitación. Ronnie aprovecha la coyuntura para ir detrás de ellos. Charly sigue inmóvil. Angie arquea las cejas. No le ha gustado nada ese grito. Rebe vuelve a tomar la palabra.

—Me lo ha contado todo.

Patapum. Angie piensa que no ha entendido bien lo que ha dicho su hija.

—¿Cómo?

—Que Charly me lo ha contado todo.

La madre-suegra busca algún resquicio por el que escabullirse.

—¿Todo todo?

Pero no hay resquicio.

—Todo.

Charly asiente como un autómata, y Angie ni se lo cree.

—Joder.

Rebe se levanta, entra en el cuarto de los niños y da un portazo. Angie enciende un cigarrillo y aspira una buena dosis de nicotina.

—Pero ¿tú eres tonto o qué te pasa?

Charly no responde. Lo único que quiere es encontrar la tecla *rewind* para rebobinar las últimas veinticuatro horas, decirle a su amigo Deivid que ya saldrán otro día, no fumarse esos porros de AK-47, no beber en vasos de plástico, ni bailar, ni nadar desnudo en el mar, ni follarse a… su suegra. Pero esa tecla no existe en la vida. Nunca ha existido y nunca existirá. Que quede claro.

Mathias llega al edificio de los juzgados acompañado de Klaus y Ralf. Éste lleva en brazos a Kylie, que parece ansiosa por bajar al suelo y reivindicar en algún momento su condición canina andando a cuatro patas.

—No te pienso soltar, querida. A saber cuándo fue la última vez que desinfectaron este edificio —le explica como si la perra pudiera entenderle.

Mathias de repente cae en la cuenta de que igual no es buena idea que Ralf, Klaus y la pequeña bulldog francesa monten un espectáculo en los juzgados.

—Será mejor que me esperéis aquí, chicos —les solicita amablemente.

—¿Estás seguro de que no necesitarás ayuda? —Ralf sigue exagerándolo todo, pero Klaus entiende a Mathias e intercede.

—Cariño, esto no es una operación de rescate, sólo es un trámite. Será mejor que Mathias vaya solo. Y así tú y yo aprovechamos para hacer unas compras.

Bingo. Klaus sabe qué tecla tocar. A Ralf le ha cambiado la cara al oír la palabra «compras» y ha dejado a un lado la preocupación. La pareja se va, y Mathias entra en el edificio.

En uno de los pasillos está Lukas custodiado por dos policías. Mathias se acerca y lo abraza. Enseguida se besan apasionadamente ante la indiferencia impostada de los agentes.

—Lukas, cariño. ¿Estás bien? Te veo más delgado. —Mathias acompaña la frase con una mirada reprobadora a los policías.

—Mi amor, sólo he pasado veinticuatro horas en la comisaría, aunque la verdad es que el menú no era muy de mi agrado. Demasiados carbohidratos. Lo peor es que las celdas son horribles, con unas paredes de colores planos sin ninguna gracia. Suerte que la policía local alegra un poco la vista. ¿Has visto qué cuerpos?

Mathias se incomoda por la mirada lasciva que su novio lanza a los guardias, aunque éstos le devuelven una sonrisa cómplice.

—Venga, no veo la hora de que ya estemos en casa. Por cierto, he intentado adelantar algunas cosas de la ceremonia, pero tengo que confesarte que no es mi fuerte.

La pareja vuelve a abrazarse y besarse. Uno de los policías se acerca a ellos.

—Parejita, os toca entrar en la sala del tribunal. Móviles desconectados, por favor.

Mathias y Lukas dejan de abrazarse y miran al policía, sin saber si está de buenas o no. Pero el interés por saber ese detalle no supera al de acabar con aquel trámite de una vez; deciden apagar los teléfonos y entran rápidamente en la sala.

—A ver si tenemos suerte. Ojalá el juez sea una mujer para que nos entienda mejor que esos machos ibéricos que abundan por... —La frase de Lukas queda inacabada cuando mira hacia el interior.

Mathias trata de reprimir un respingo al ver lo mismo que su novio.

En el estrado un juez repasa el expediente de la causa. Es el jefe del grupo de osos que irrumpió en su casa y les propinó la paliza. El magistrado mira alternativamente el expediente y a los acusados. Después de unos segundos de silencio que a Mathias y Lukas les parecen eternos, se dirige a ellos.

—Bien. Según consta en las declaraciones de ambos, el carácter de sus lesiones fue debido a un tropiezo y después una caída por las escaleras. El informe del médico forense no parece coincidir con sus testimonios, pero también es verdad que no lo hace de manera concluyente. Por lo tanto, podríamos decir que la hipótesis de un posible delito de malos tratos no encuentra elementos sólidos para la imputación de cargo alguno. Levántese el acusado: Mathias Müller.

Mathias obedece.

—Señor Müller, quiero que me asegure que en cuanto salga por esa puerta no incurrirá en otro «tropiezo» que le haga «caer» por las escaleras. Si eso volviera a tener lugar, créame que este servidor haría todo lo que estuviese a su alcance... —El juez hace crujir los dedos de sus manos sutilmente, y un escalofrío recorre el cuerpo de los novios alemanes— para que recayera sobre usted todo el peso de la ley. ¿Me ha entendido? Acérquense. —La pareja sigue las indicaciones—. Un poco más. —Los alemanes obedecen y se aproximan hasta crear un corrillo con el juez—. Tengo dudas sobre si les ha quedado claro que, si esto vuelve a suceder, yo personalmente les daré de nuevo una paliza tal que tendrán que alimentarse por una sonda gástrica durante un tiempo. Y ahora desaparezcan de mi vista.

Los ojipláticos novios asienten. Mathias, lleno de pánico, no puede evitar dirigirse a su señoría.

—Muchas gracias. De verdad, muchas gracias. No sabe usted lo importante que es para nosotros…

—Fuera de aquí.

El juez oso da la orden en voz baja, pero con tal intensidad que provoca que Lukas agarre del brazo a su novio y salgan de allí rápidamente sin volver la vista atrás en ningún momento.

Apenas abandonan los juzgados, Mathias enciende el móvil.

—Oh, Dios mío, cómo olía ese tipo. Uno por muy oso que sea no puede llevar a ese extremo su militancia.

—Eso da igual, Lukas. Lo importante es que todo este malentendido ya ha pasado. Y ahora debemos sacar nuestras propias conclusiones.

—¿Me estás acusando de algo?

—No, Lukas. No te acuso de nada, sólo quiero decir que… —Pero Mathias no puede continuar al ver en su teléfono móvil una cantidad de alertas y mensajes tan elevada que le resulta sospechosa.

—Sólo quieres decir ¿qué? Habla, querido. Soy todo oídos.

Mathias se ha quedado clavado.

—Mathias, ¿se puede saber qué te pasa?

Lo que sucede es que Mathias está pensando en la ley de Murphy: «Si algo puede salir mal, saldrá mal». Y sólo acierta a enseñarle a Lukas la pantalla de su *smartphone*. En ella, la foto de Mathias magullado y varios titulares que hablan de los rumores de maltrato entre ellos. Ambos se quedan sin palabras. Lukas enciende su móvil, y una mueca de pánico congela su rostro.

—Dios mío, cariño, ¿cómo se te ocurre exponerte de esa manera?

Mathias no da crédito a lo que acaba de decir su pareja, pero no tiene ni fuerzas ni ganas de discutir. Sólo tiene ganas de llorar, pero también las reprime.

El mercado que hay en la plaça de la Constitució es un enorme porche que emula un templete griego. Por las mañanas, se mezclan por allí compradores, curiosos que disfrutan del ambiente, dependientes con carretillas, turistas que se fotografían con el Portal de Ses Taules que da acceso a Dalt Vila de fondo, tenderos, la clientela del cercano Croissant Show que repone fuerzas después de una larga noche y algún traficante local ofreciendo hachís. Una vez por semana se venden en el mercado productos de alimentación ecológicos. En el puesto de Aina se pueden comprar verduras y hortalizas.

François asiste a este festival de olores y colores que ahora mismo le rodea con una llamativa cara de pasmado. A juzgar por su expresión parece que pretenda retener todavía el sabor de los labios de Aina. Labios que desea con locura volver a besar y en los que posa su mirada con disimulo cada vez que se le presenta la ocasión. «¡Dios mío esos labios y *limoncello*, qué más se puede pedir!» Y en ese pensamiento se deleita François cuando se acerca al tenderete Biel, un guapo y escultural muchachote que se permite algunas confianzas con Aina, entre ellas agarrarla por la cintura.

—Hola, reina —le susurra a la oreja Biel a una desprevenida Aina.

—Déjame, hay gente delante —dice Aina intentando zafarse del recién llegado.

—Uy, qué vergonzosa te has vuelto —le reprocha Biel sujetándola con más fuerza.

François tuerce el gesto y se le pudre el juicio: «¿Y este gilipollas?». Se siente incómodo y, aunque intenta mirar hacia otro lado, los ojos se le van hacia la pareja. Le molesta y no lo puede evitar.

—Nena, tengo unas cebollas preciosas —dice Biel—. Voy a traerte una.

A François el asunto de la cebolla le abrasa el estómago. «Qué mierda se habrá creído este niñato. El tema de las *cebollas* es mío», piensa François, que no tarda en reconocer lo absurdo que es querer tener la exclusiva en un asunto de tan poca monta.

—Me parece muy bien —le contesta aliviada Aina.

Biel la besa en la mejilla y se va en busca de la cebolla.

François no puede contener su interés por saber más del mozo apenas éste se marcha.

—¿Un amigo? —pregunta François como si tal cosa, a pesar de que en realidad se le llevan los demonios.

—Sí, un amigo con derecho a roce —contesta Aina sin rodeos.

—Ah, claro. —François deja pasar unos segundos de

forma intencionada. Incluso los cuenta. Llega hasta veinte. En ese lapso de tiempo se abstrae de tal manera que deja de escuchar el runrún del mercado, concentrado en lo que quiere decir—. Voy a aprovechar para realizar algunas gestiones. No te preocupes por mí, volveré a casa por mi cuenta —añade, sabiendo que no ha convencido a Aina, pero eso ahora no importa. Lo único que le apetece es salir corriendo.

Y corriendo llega hasta un bar del puerto que ofrece todo tipo de viandas. Puedes llevártelas en el buche o adheridas a la ropa, gracias a la densa nube de fritanga que ocupa todos los rincones del local. La oferta es variada y va del *franfur* —tal y como se lee en la pizarra— a las patatas bravas, pasando por los chipirones a la andaluza y el pulpo a la gallega. Pero François no ha ido hasta ese tugurio para hacer una degustación de la variopinta oferta gastronómica, sino para emborracharse con un destilado propio de su tierra: el Chartreuse, el brebaje de hierbas que los monjes franceses de la Cartuja —que es lo que significa «Chartreuse»— llevan elaborando desde el siglo XVII. Sólo dos de estos religiosos son conocedores de la fórmula secreta, que se va transmitiendo de generación en generación. Lo que sí es conocido por todos los aficionados a esta bebida es lo fácil y rápido que resulta pillar un buen colocón gracias a sus cincuenta y cinco grados de alcohol.

«¡A la mierda el *limoncello*!»

El camarero, que parece peinarse con aceite de oliva virgen, no le quita el ojo de encima a François, que ya va por la tercera copa. No le preocupa el hecho de que el francés esté bebiendo mucho, sino que la botella lleva en la estantería lo que él en el bar, aproximadamente unos treinta años.

François se cuece trago a trago en la barra mientras el

camarero repasa los vasos con un andrajoso paño. Observa al francés con suspicacia, con la mirada del que sospecha que algo no acaba de ir bien o de que en cualquier momento la cosa se puede torcer.

—*Cebolia, cebolia, cebolia* —repite como un mantra François.

—Cebolla no, cebollón es lo que tú llevas —murmura el camarero.

François apura el último trago.

—Señor… —empieza a decir el francés.

—Sí…

—No tengo dinero. *Pardon.* Adiós. —Y echa a correr como alma que lleva el diablo.

—¡Me cago en *to* lo que se menea! ¡Franchute de mierda! —grita el camarero camino de la puerta. Una vez en la calle, observa cómo el francés se aleja de allí galopando como un caballo cartujano. Un grupo de ángeles del infierno sentados en una terraza observan curiosos al veloz francés.

Rebe, móvil en mano, y los niños llegan de la piscina al pasillo que conduce al apartamento.

—Sí, eso es: adelantar la vuelta. No, sólo tres de los cuatro billetes. Y el perro también, sí…

Al pasar por la puerta entreabierta del piso de su madre, escucha unos gemidos. Enseguida termina la conversación y cuelga.

—¡Joder! Niños, entrad con Ronnie. Ahora voy.

—¿Dónde vas, mamá?

—¡Ahora voy, he dicho!

Los niños obedecen. Ronnie no sabe si ir con ellos o quedarse.

—Sí, Ronnie. Yo también estoy alucinando con todo esto. Venga, acompaña a los niños.

El perro, que puede que no entienda el lenguaje pero que descifra perfectamente los tonos, agacha las orejas y se va para adentro. Rebe toma aire, coge fuerzas y entra en el apartamento de su madre. Se asoma a la habitación y se la encuentra en la cama con un tipo tatuado, con greñas y barba de varios meses, encima de ella. Una chupa de cuero bordada, unos pantalones a juego y unas botas están desperdigados por la estancia. La indumentaria de un auténtico ángel del infierno.

—Pero, papá, ¿qué haces aquí?

El ángel del infierno se gira hacia ella.

—Rebe, cariño mío. ¿Cómo estás?

—Me ha dicho que me pire.

—Has tenido suerte de que no te haya cortado los cojones. ¡Follar con tu suegra, *nen*! ¡Qué fuerte! Claro que eso es un Edipo de manual. ¿Tú te hacías pajas pensando en tu madre o qué?

Charly está sentado en el sofá de la pequeña casa de su amigo Deivid en Cala Tarida, el único sitio al que se le ha ocurrido ir después de que Rebe le señalara el camino de salida del apartamento.

—Menos cachondeo, Deivid. Esto no habría pasado si no fuera por la puta marihuana esa que me diste, colega.

Deivid acusa el golpe.

—Lo siento, *nen*.

Pero Charly recula. Con quien está más cabreado es consigo mismo.

—En realidad, lo que pasa es que soy gilipollas.

—¿Sabes el chiste de los gitanos con el burro cargado de coca?

Pero Charly ni lo sabe, ni quiere saberlo.

Dicen que en algunas ocasiones tres son multitud. Y ésta debe de ser una de ellas, porque las tres personas que hay en el apartamento de Angie parecen trescientos. Sentados a la pequeña mesa de formica blanca, el hombre que hace pocos minutos estaba cabalgando a la madre de Rebe pone a ésta en antecedentes.

—Llámalo casualidad o destino, hija mía. Tengo unos colegas aquí en Ibiza que siempre organizan un encuentro de Harleys por estas fechas. De repente estábamos tomando algo en una terraza del puerto y ahí he visto a ese pedazo de mujer que tienes por madre caminando bajo la luz del sol, guapísima.

Las neuronas de Rebe no dan abasto. Ahora mismo le gustaría estar a mil kilómetros de distancia. No puede ni responder a su padre, que sigue pletórico y feliz sin ser consciente de la tensión que cualquiera, que no fuera hombre, notaría entre madre e hija.

—¿Cuánto tiempo ha pasado, Angie?

A Rebe se le funden los plomos y contesta de forma automática:

—Hace un mes que se cumplieron diez años desde que te fuiste de casa con tu moto y tus colegas.

La sequedad de la respuesta sorprende a todos, pero Jose —que así se llama el padre de Rebe y ex marido de Angie— ya conoce su carácter y enciende un cigarro para relajarse.

—Qué mala onda llevas siempre, hija.

Angie le hace un gesto a su ex para que no le dé importancia al comentario de Rebe, aunque tal vez lo haga por la cuenta que le trae a ella no soliviantarla más.

A los boxeadores les salva la campana, y a Angie la salvan en ese momento sus nietos, que irrumpen en el apartamento acompañados de los ladridos de Ronnie.

—¡Abuelo!

—¡Anda! Pero ¡qué mayores estáis! Si tampoco hace tanto que os fui a ver a casa.

—Año y medio, papá. —Rebe no afloja.

El ángel del infierno, ahora abuelo del infierno, coge a Bratt en brazos y lo lanza hacia arriba.

—Ven aquí, campeón.

¡Pum! El pequeño se golpea con la cabeza en el techo. Por suerte, no ha sido un golpe demasiado fuerte; Bratt hace sólo un amago de llanto. Su hermana Jennifer, en cambio, se entrega como de costumbre a la risa.

—¡Uy, qué golpe! Madre mía, qué golpe. Pero no pasa nada porque tú eres un niño muuuy fuerte.

Todos sonríen, excepto Rebe, que no puede más y lanza su andanada sin rodeos.

—¿Y ya te ha explicado mamá lo bien que se lo está pasando en Ibiza?

Jose arquea las cejas y mira a su ex mujer, que pone una cara como la del Gato con Botas de *Shrek* cuando quería dar penilla. Unos pucheros olímpicos, vamos.

Parece que las duchas frías y sobre todo las doce horas de descanso han traído un poco de tranquilidad a la mente de Stefano. Se encuentra mejor, sin la extraña sensación del día anterior. Se siente uno más en el bufet del desayuno junto al grupo de italianos. Stefano se ha sentado a la mesita que hay junto a la ventana y desde ahí observa las obras del puerto de Ibiza, con las nuevas dársenas y amarres preparados para acoger más yates lujosos, si cabe, en los meses estivales. Pero Stefano también observa los pequeños ferris que salen cada media hora a Formentera, la pequeña Pitiusa que durante el mes de agosto se convierte en un pedazo de Italia. Todas esas vistas y pensamientos calman la mente y el espíritu del joven. Sin duda ha pasado unas duras pruebas que no harán otra cosa que reforzar su fe, o eso cree él.

Después de desayunar, Stefano sale a la calle y se encuentra de bruces con Sylvana. Ella disfruta de un pequeño descanso en el trabajo, tomando tranquilamente la fresca en la puerta del hostal, sentada en el respaldo de un banco y con un ligero vestido blanco muy ibicenco, que deja ver a contraluz su bonita anatomía. Además, la joven está pintándose las uñas de sus pies desnudos, algo que a Stefano, sin saber por qué, le deja en estado hipnótico. Vuelve a sentir los calores, el hormigueo por todo el cuerpo; se le perla la piel de sudor. Alerta roja, morada, marrón, negra y nuclear.

Instintivamente se saca la camisa que lleva por dentro del pantalón para poder tapar posibles sorpresas. Le viene a la mente una entrevista en televisión al actor americano Robin Williams, que declaraba: «El problema es que Dios dio a los hombres un cerebro y un pene, pero no suficiente sangre para irrigar los dos a la vez». Stefano quiere borrar esas palabras de su cabeza, pero parece que su sistema sanguíneo ha decidido olvidar su cerebro. La simple visión de Sylvana le ha provocado otra vez una erección.

Stefano intenta llegar a la esquina sin que ella le vea, pero no lo logra.

—¡Stefano!

La voz de Sylvana pronunciando su nombre le paraliza. Ya no puede escapar. Se gira hacia ella, quien le hace un gesto solícito para que se acerque. Él no puede evitar acudir, como si alguien moviera unos hilos invisibles conectados a sus piernas.

—¿Qué tal? ¿Has descansado? Antes te he visto un poco alterado. Igual ha sido un golpe de calor. No olvides protegerte del sol, que pega fuerte durante estos días.

«Alterado», «calor», «sol»… Stefano oye cada una de las palabras como en sordina, de lejos. Las lee perfectamente en los labios carnosos de ella, pero las escucha muy lejanas.

—Bueno, sólo quería decirte que el despiste de las toallas no volverá a pasar. Cuando regreses a tu habitación, tendrás toallas limpias y suaves.

«Suaves, suaves, suaves…» Stefano se queda como hipnotizado.

—Gracias, muchas gracias.

—Por cierto, ¿tienes planes para esta noche?

BUM. A la reserva espiritual milanesa le vuelven a temblar los cimientos.

—¿Có…? ¿Cómo?

—Si no sabes qué hacer esta noche, hay actuación en directo en el Teatro Pereyra. Quizá te gusta. Yo no podré ir porque trabajo.

Silencio, parálisis total, bloqueo, labios carnosos.

—¿Estás bien? ¿Hola?

El chaval reacciona.

—¿Eh? Sí, sí… Claro, claro, trabajas. Menos mal.

—¿Qué?

—Nada, nada… Que sí me pasaré. Muchas gracias por la información.

—¡Ah! Y si te apetece comida italiana a buen precio puedes ir a cenar antes al Tomate Rojo. Pregunta por Mino, es amigo mío y te tratará bien.

Stefano se va como un autómata, pero ahora Sylvana sonríe de forma maliciosa mientras acaba de pintarse el meñique de su pie derecho.

Martín está recogiendo las pocas cosas que tiene en la habitación de su hostal. Mientras lo hace, escucha en el contestador de su teléfono un mensaje que le ha dejado Balmes, su representante.

«—Hola, figura. No te pregunto cómo estás porque ya me lo imagino. He visto tu foto en todas las revistas del país y parte del extranjero. Lo estás petando, compañero. Gran estrategia, chaval; rollo Hollywood. Te enrollas con una *celebrity* para subir como la espuma y aumentar el caché. ¡Olé tu polla, nene! Cuando estés cenando un día con Spielberg y otro con Madonna, acuérdate de quién te apoyó desde el principio. Sé que no te vas a olvidar de todo lo que hemos hecho juntos para llegar hasta aquí, ¿eh, chaval? ¿De quién fue la idea de que viajases a Ibiza para currar un poquito y te olvidaras de todas las movidas que tenías en casa? ¡Del menda lerenda! ¡Ja, ja, ja! Pero, bueno, antes de que te vayas a hacer las Américas, te comento que me han llamado del local del otro día para ver si vuelves a actuar hoy. Y aprovechando que el Pisuerga pasa por Valladolid, y con la que has liado, le he sacado doscientos pavos más al nota del teatro para la actuación de esta noche. Estarás contento, ¿no? Bueno, ya me contarás. Un abrazo, crack.»

Martín cuelga, paga lo que debe en la recepción del hostal y sale a la calle. De repente, aparecidos como por arte de magia, unos fotógrafos se le acercan y empiezan a hacerle fotos. Clic, clic, clic, clic, clic.

Martín, incómodo por la situación, comienza a caminar sin rumbo fijo, pero los fotógrafos van precediendo sus pasos sin dejar de disparar sus cámaras. Clic, clic, clic, clic, clic. El chaval empieza a agobiarse sin saber muy bien qué hacer ni adónde ir. Finalmente ve una parada de taxis dos calles más allá y acelera el paso en esa dirección. Los reporteros le siguen. Clic, clic, clic, clic, clic. Ahora Martín ya está corriendo, y los fotógrafos van detrás de él. Uno de ellos tropieza y cae. Clic, clic, clic, clic. Se forma un revuelo en la calle por la extraña situación. Finalmente Martín llega a la parada y entra en el taxi jadeando y con el corazón acelerado.

—¿Adónde vamos, chaval?

—Donde sea, pero sáqueme de aquí, por favor.

—Lo que tú me digas.

Los fotógrafos siguen disparando su objetivo desde fuera del coche. Clic, clic, clic, clic.

—A la playa. Lléveme a la playa.

—¿A cuál?

—¡¡A la que quiera!!

El taxista se sorprende por el grito de Martín, y él también.

Clic, clic, clic, cl… Los chasquidos de las cámaras quedan atrás. Martín cierra los ojos e intenta calmarse respirando lentamente.

En Villa Tur, el ambiente está cargado. Lukas, con un gintonic en la mano, se mueve de un lado a otro de la estancia mirando la pantalla de su móvil. Ralf y Klaus se encuentran sentados en el sofá con sendos chupitos de Jägermeister y consultan sus iPads. Mathias, el único que bebe algo sin alcohol, está más que sentado, abatido en un sillón con la mirada fija en el suelo y pensando si la alfombra que allí reposa estará hecha a mano.

—¡Horrible! ¡Esto es horrible! —exclama de forma dramática Lukas lanzando el móvil al sofá. Luego toma un trago de su copa.

—¡Apocalíptico! —responde Ralf apurando su chupito.

Klaus también acaba el suyo, pero no dice nada.

Mathias levanta la vista del suelo, observa la escena e intenta calmar los ánimos.

—Basta ya, por favor.

—Cómo ha podido sucederme esto —interviene Lukas.

Mathias acusa ese comentario de Lukas, que se cree la única víctima de lo sucedido. Egoísta y egocéntrico a partes iguales, Lukas sigue con su discurso:

—No hay duda de que la torpeza de Mathias al exponerse de esa manera ha sido un enorme error...

Mathias encaja el golpe y devuelve su mirada a la alfombra.

—... Pero alguien tuvo que poner en antecedentes a los medios. Esas cosas no pasan porque sí.

Ante este comentario, Klaus mira a Ralf como un inquisidor, y éste decide crear su propia cortina de humo.

—Yo no me fiaría nada de ese tal Jorge Javier, el organizador de la ceremonia. ¿Te preparo otro gin-tonic, Lukas?

—Sí, por favor. Lo necesito.

Lukas apura su copa y empieza a sollozar. Aunque en su llanto hay más teatro que auténtica aflicción. Él es feliz siendo el centro del mundo, y esta situación le hace sentirse la protagonista absoluta de la función.

—Creo que debemos aplazar la ceremonia. Está decidido. Es lo que hay que hacer. No podemos dar esa imagen ahora mismo.

Mathias, con su mirada aún en el suelo, ha decidido dos cosas: que la alfombra no está tejida a mano y que las lágrimas de cocodrilo de Lukas han colmado su paciencia. Se levanta, se acerca hasta su novio y discretamente le dice:

—¿Puedes venir un momento a la habitación, por favor?

Apenas entran en la suite de Villa Tur, Mathias Müller se dedica de manera indiscriminada a romper algunos de los objetos decorativos de la estancia. Lukas está en shock. Nunca había visto así a su novio.

—¡¿Esto te parece un bonito adorno?! —le grita Mathias mientras sostiene un pequeño jarrón de cerámica en sus manos.

Lukas asiente atemorizado, y Mathias estrella el jarrón contra el suelo. Acto seguido se hace con un joyero de madera.

—¿Y qué me dices de esto? Tal vez sea de madera balinesa y esté tallado a mano. Es bello, ¿verdad?

Lukas, cada vez más aterrado, vuelve a asentir, y Mathias descoyunta por las bisagras el joyero antes de lanzarlo contra la pared. Lukas entra en pánico.

—Cariño, ya está bien. ¿Se puede saber qué te sucede?

La mirada de Mathias queda fija en Lukas. Coge aire y, cargado de ironía, empieza a desahogarse.

—Ah, ¿quieres saber qué me pasa, cariño? ¿De verdad quieres saberlo? Pues mira, amor, lo que me pasa es que estoy harto de ese rollo tuyo de esteta y amante de la belleza. —Mathias va subiendo el volumen—. Un rollo que por otro lado nada tiene que ver con tu conducta. Y resulta que nos encontramos en esta situación por ¡tu culpa! Por tu única culpa. ¡Porque eres TÚ el que, a la menor oportunidad, sale en busca de efebos cada día porque necesitas de esa belleza!

¡Una belleza vacía! Y aunque no me siento bien siendo tu cómplice, me siento peor aún sabiendo que yo, tu futuro marido, ¡no soy suficiente PARA TI! En realidad, te importa más que salga en las fotos con la cara magullada que el amor que siento por ti. Yo quiero casarme porque te amo, no para convertir nuestra boda en el acontecimiento del año. Y tampoco estoy más pendiente del qué dirán que de lo que representa para nosotros nuestra boda. —Un segundo de silencio. Luego Mathias suelta la traca final—: ¿Lo entiendes ahora, JODIDA MARICONA EGOÍSTA?

Lukas se queda petrificado, y Mathias sale de la habitación.

En el salón permanecen Klaus y Ralf, este último sosteniendo en sus brazos a Kylie, que con el estruendo se ha puesto a sollozar. Los tres están como los niños del colegio en el despacho del director. Y Mathias no está para más tonterías.

—Buscaos un hotel hasta el día de la boda. Necesitamos algo de tranquilidad en esta casa. Y, de paso, ya me ocuparé yo de abrir la puerta a las visitas.

Klaus recrimina a Ralf con la mirada.

—Pero antes de iros... ¿Me preparas un gin-tonic, Ralf? Gracias.

Mathias se sienta en el sillón, enciende un cigarro y no puede evitar una cierta sensación de satisfacción.

Atardece en la paradisíaca Cala Jondal, donde el taxista ha llevado a un nervioso Martín en su huida de los fotógrafos. El chaval lleva paseando un rato por la playa de cantos rodados intentando relajarse. No es cosa fácil. Hasta él llegan las notas del *You Can't Stop the Beat* de Wally López que, a los platos del Blue Marlin, anima a la selecta clientela del lugar. En el agua, muchos millones de euros en forma de yates reposan en la tranquila ensenada. Martín mira los barcos pensando qué tipo de gente pasa su tiempo dentro de esas mansiones flotantes. Pero al poco rato se siente sin ganas de ver a más millonarios derramarse champán por encima, ya sean árabes, rusos, indios o americanos. Se aleja de la música y camina por la costa hasta la cercana Cala Es Xarco, donde divisa un chiringuito más tranquilo y apetecible. Martín se sienta buscando un poco de tranquilidad. Al rato aparece Cari, la dueña del chiringuito:

—Chiquillo, ¿te has perdido?

—Perdón, estaba paseando.

—Ah, muy bien. Si te apetece un pan con tomate y jamón o unas gambas, me lo dices, que te veo muy delgado.

Martín le agradece con una sonrisa a la señora su amabilidad y se queda clavado mirándola pensando en su madre.

—¿Estás bien?

—Sí, sí… ¿Podría pedirme un taxi?

La señora asiente, sin perder su sonrisa.

En Cala Tarida, Deivid y Charly están sentados con los pies en el agua en unas rocas que hay justo delante de la casa. El primero ha tirado la caña de pescar y la ha dejado anclada en un oxidado soporte destinado a ese menester. Charly fuma mirando al horizonte. La tranquilidad empieza a romperse en pedacitos por el ruido de un grupo de motos de gran cilindrada que baja por el camino que lleva hasta la cala. Deivid no entiende nada.

—¿Y esa peña?

—Coño, pero si ése parece… mi suegro.

—¿Qué?

No hay tiempo para mucho más. Los moteros se han acercado a las rocas y aparcan sus motos. Después, con Jose a la cabeza, avanzan hasta la pareja de amigos. Charly no sabe muy bien qué cara poner porque no entiende nada, aunque, si tuviera un sexto sentido, vería que la cosa no pinta bien.

—Suegro, ¿qué haces tú por…

¡Zasca! Ni sexto sentido ni gaitas. La hostia que recibe en la boca deja la frase a medias y también le deja K.O.

Un cubo de agua en la cara de Charly hace que recupere el conocimiento. Está en el centro de un redondel que forman unos diez o doce moteros. Su suegro está en cuclillas frente a él. Unos metros más allá, fuera del círculo, Deivid ha adoptado una posición entre flor de loto y acojone máximo, y musita en voz baja una especie de mantra chamánico, budista o quién sabe qué. Jose se quita la camiseta y le explica a Charly en un tono relajado:

—¿Ves estos tatuajes, hijo? Aquí está mi vida. Por ejemplo, este que dice «El Cigala»… —Se señala un nombre escrito sobre una navaja en el hombro izquierdo—. Es de un tipo que intentó matarme en la cárcel. Por supuesto, no lo consiguió. ¿Y este otro? —Apunta con el dedo el nombre «Poveda», escrito con otro tipo de letra y situado sobre una especie de charco de sangre—. A éste me lo cargué yo. ¿Y aquí qué pone? —Jose señala ahora una cara en el hombro derecho.

Charly lee con cierta dificultad.

—¿«Camarón»?

—Muy bien. Camarón. Porque todos tenemos un Dios. ¿Y aquí?

—¿«Lloret de Mar»?

—Exacto. Lloret de Mar, el lugar donde perdí la virginidad. Y aquí, cerca del corazón, los nombres de las tres mujeres de mi vida: «Estrella», mi madre; «Angie», mi gran amor, y «Rebe», mi hija. ¿Las ves?

Charly asiente con la cabeza gacha pero mirando de reojo los tres nombres perfectamente tatuados, con la misma caligrafía, alrededor del pezón izquierdo de su suegro.

—De las tres mujeres que llevo aquí… —Jose se golpea el pecho con fuerza—, ¡te has tirado a dos de ellas! Suerte que mi madre está muerta, ¿eh, semental? —El chaval no puede sostener la mirada de su suegro, y éste le levanta el mentón suave pero firmemente con su mano izquierda. Después añade—: Igual no soy el más indicado para dar charlas. No fui un buen hijo, ni un buen marido, ni un buen padre, pero lo que has hecho no está bien O sea, que ahora tú eliges cómo arreglamos esto. —Jose se incorpora y se baja los pantalones. El resto de los moteros se miran entre sí un poco extrañados, aunque no tanto como Charly y como el propio Deivid que, con la caída de los pantalones, ha parado su mantra de golpe—. O te pego una paliza o me das por culo y cierras el círculo.

Charly no duda demasiado y asume las consecuencias.

—Pues me parece que va a ser la paliza.

¡Zas! El segundo hostión es todavía más rápido y más contundente que el primero: una patada en el estómago que deja a Charly sin aire, y a Deivid sin ganas de mantra, ya que ha convertido sus plegarias en grandes zancadas con las que salir por piernas a pedir ayuda.

Después de un buen rato de golpes, Charly queda tendido en el suelo. Los moteros ya montan sus cabalgaduras, menos Jose, que mesa los cabellos del chaval.

—Espero que hayas aprendido la lección, hijo.

Se incorpora y se dispone a marchar, pero Charly hace un sobresfuerzo para hablarle.

—Perdona, suegro. ¿Te puedo preguntar una cosa?

—Dime.

—¿Y si hubiese elegido darte por culo?

—Te habría dado la paliza igual y además te habría cortado las pelotas, payaso.

Charly levanta el pulgar para indicar que está de acuerdo, pero de inmediato el dolor invade todo su cuerpo. Apenas los moteros se van de la cala, llega Deivid acompañado de una pareja de la Guardia Civil. «Más vale tarde que nunca, Deivid», piensa Charly antes de desmayarse.

En el restaurante del hotel se encuentra sentado el grupo de Jeremy. Han estado cenando y ha llegado la hora del amigo invisible, aunque todavía hay cierta tensión en el sector masculino. Carey es la primera en abrir el regalo. Es un tanga sexy y caro.

—Pero, bueno, se trata de regalar algo que puedas lucir, ¿no? Me gustaría saber quién ha sido mi amigo invisible —dice Carey con picardía.

—Eh, el regalo no podía exceder las quince libras —comenta Vicky un tanto contrariada.

A continuación Mike abre el suyo. Es algo que obviamente le ofende: un chupete. Debbie lo ha comprado con esa intención. Se crea un silencio tenso en la mesa, un silencio que rompe Mike al dar su opinión.

—Esto es una mierda.

—Es lo que te mereces por tu comportamiento, que por cierto también es una mierda —precisa Debbie con sutil mala hostia.

—Eh, Debbie... —interviene Jeremy, que intuye que la situación se puede desmadrar porque nota en la expresión de su mujer que ésta no tiene ninguna intención de quedarse callada.

—Déjame, ¿vale? Estoy harta de tener que pasar cada verano de mi vida con vosotros. Harta, cansada..., ¡de muy mala hostia! Me hacéis pasar vergüenza con vuestras borracheras, con vuestras peleas. Esto no son unas vacaciones. No quiero que compartáis vuestra mierda conmigo. No puedo más, estoy hasta el coño de vosotros y del puto Henry —suelta de carrerilla Debbie. Después se sirve vino.

—No permito que hables así de mi Henry —le reprocha Carey.

—Cállate, putón —replica Debbie.

El silencio invade la mesa. Sólo Jeremy, que percibe el desastre a la vuelta de la esquina, se atreve a actuar con cierta naturalidad y también se sirve una copa.

—¿Cómo? —pregunta Carey en un tono lastimoso.

—Sabes perfectamente quién te ha regalado ese tanga, de la misma manera que sabes quién te lo va a quitar en cuanto nos demos la vuelta, ¿verdad que sí, Stuart? —pregunta Debbie a quemarropa.

Marjorie busca la mirada de su marido para que le confirme que eso que acaba de oír no es cierto, pero Stuart se arruga.

—Joder —deja caer Vicky.

—Qué fuerte —añade Amy.

—Estoy harta de verte en el papel de viudita desconsolada y tener que pasear cada verano con un bote lleno de cenizas. Esto se acabó —remata Debbie, que se levanta de la mesa, coge la urna y, ante la mirada estupefacta de sus compañeros de mesa y de todo el restaurante, la vacía en la piscina.

Cuando Amy ve que su madre se marcha, se levanta, llama la atención de Mike con un golpe de encendedor y abandona el restaurante. Jeremy, por su parte, arroja la servilleta sobre la mesa y también se retira. Entretanto el pobre Henry, que se ha vuelto soluble como un sobre de manzanilla en agua caliente, se va posando en el delfín de azulejos del fondo de la piscina del hotel.

La camarera del Teatro Pereyra le sirve a Stefano una cerveza. En el pequeño escenario, un joven cómico bromea sobre sus aventuras en Ibiza hablando de fiestas en clubes y grandes yates. Stefano no entiende gran cosa de lo que dice el tal Martín, pero se fija en la cantidad de notas escritas en posavasos y papeles que hay bajo las cubiertas de cristal de las mesas. Notas de personas que se conocieron en ese bar en algún verano. El clérigo imagina las historias de los nombres ahí escritos: «Juan, Pili, José y Mónica», tal vez un grupo de amigos en viaje de fin de curso que se despidieron en ese lugar antes de seguir sus caminos en diferentes universidades; «Aina y Adissu», dos enamorados que se juraron amor eterno en una de esas mesas...

De repente, entre todos esos papeles, uno llama especialmente la atención del joven milanés. Un mensaje escrito a mano donde se puede leer: «Stefano, a las dos en la discoteca Amnesia. Estás apuntado en una lista de invitados». La nota viene rubricada con el logo del local: una pirámide. Stefano se muestra perplejo e intrigado, y sale del local.

Martín sigue con su monólogo en el escenario. Hoy hay más gente en la sala, y el público está bastante más predispuesto que el del otro día. De hecho, el chaval nota más presencia femenina, que además no deja de hacerle fotos con sus teléfonos móviles. Pero en su cabeza se ha activado el modo cómico profesional y empieza a soltar material.

—Buenas noches a todos. Es un placer repetir en este escenario. Si no me pagaran hubiera venido igual. La verdad es que me ha costado encontrar hueco en la agenda para venir. Como os podréis imaginar, ahora que soy una *celebrity* se me ha complicado la semana hasta un punto que vosotros, la gente normal, no os podéis ni imaginar. La tengo a tope de actividades muy variadas: ir a bailar y drogarme, drogarme e ir a bailar, bailar drogándome, drogarme bailando… Un estrés, vamos.

»No, es broma. En realidad, tampoco es para tanto.

»Me habían dicho que esta isla era el paraíso de los estupefacientes, y de eso nada de nada. De hecho hay bastante control. Concretamente un control en cada rotonda. Y como éste es el país de las rotondas, imagínate. A ver, que eso está bien, porque aquí a las siete de la mañana hay un tráfico que no veas… Bueno, mucho tráfico, y mucho coche también.

»Yo creo que por eso es mejor moverse en yate, dónde va a parar. Lo bueno del mar es que no hay rotondas ni esas estatuas tan peculiares que hay en el centro. ¿Alguien ha visto una estatua bonita en una rotonda? Porque yo no. Para mejorar los problemas de atascos, todos deberíamos tener nuestro propio yate, como los ricos que vienen aquí de vacaciones: árabes, rusos, indios… Aunque si eres español es mejor una zodiac. Porque una zodiac se puede poner encima de la baca del coche y un yate no. Tú a un español le das una zodiac y es el tío más feliz del mundo, que aquí somos muy de cargar la baca del coche, como los marroquíes.

»Anoche me invitaron precisamente a una fiesta en un yate. Estaba atracado en una zona del puerto que la llaman la "milla de oro". Parece que hay muy buenos locales por ahí. Me dijeron alguno: Lío, Cipriani, Cavalli… Supongo que los conoceréis o que alguno de vosotros habrá pedido un crédito para cenar en ellos. Vale la pena. Buenas actuaciones, buena música, ambiente exquisito y la mayor densidad de mujeres bellas por metro cuadrado que recuerdo. Si hubiera unas Olimpíadas para lugares con gente guapa, esa zona tendría la medalla de oro. Siempre que dejaran participar a las profesionales, claro.

»En el yate conocí a Leo, Leonardo DiCaprio le llaman, pero yo ahora ya lo llamo Leo. Él me llama Mart. La gente guay nos llamamos con diminutivos, para no gastar demasiada saliva. También estaba Bono, el de U2. Muy majo Bono. Y muy mayor. Hubo un momento que dudaba si era él o la Reina de Inglaterra. Me ha dicho que iba a montar una ONG para salvar a los esquimales porque salvar a los pingüinos y a las ballenas ya está muy visto. A mí, la verdad, la idea me ha dejado un poquito frío.

»No os riáis, es verdad. Además, no todo es alegría y felicidad en esta vida de *celebrity* que tengo ahora. También están los *paparazzi*. Gente muy agradable que vendería a su madre por una exclusiva. Debe ser la única profesión del mundo que hace "robados" y no les detiene la policía. Al menos, para dignificar su trabajo les podrían llamar ladrones, y así todo tendría más sentido. Aunque por esa regla de tres, a las revistas del corazón las tendrían que llamar revistas del hígado, porque destilan pura bilis la mayoría.

»Pero si éste es el precio que tengo que pagar por estar enamorado no me importa. Sí, amigos. Eso es lo mejor de todo. Que esta mañana, mientras veía amanecer en una tumbona del hotel Destino, una experiencia que por cierto os recomiendo si algún día os toca la lotería, he sido consciente de que se va a cumplir el deseo con el que vine aquí: conocer el amor verdadero de la mano de una mujer estupenda, Tiffany London.

»Es que en el fondo soy un romántico. Ya lo decía mi madre: "Martín, tú eres un romántico... y además un gilipollas".

El descojone general contrasta con la seriedad de Martín, que con ese último chiste se ha quedado pensando en su madre.

François ya ha recuperado el fuelle tras la carrera y los Chartreuse ingeridos. Aunque no recuerda muy bien la cara del hombre que le ha recogido como improvisado autoestopista y le ha llevado lejos del mercado y de Aina, camina más tranquilo y con los pies descalzos por una bahía. Eso sí, da algún que otro tumbo debido a los tragos.

Pero el pedo se le pasa de pronto, cuando avista a Jeremy, el tipo que le cascó en el aeropuerto y que ahora camina hacia él. François se queda primero paralizado observando al inglés y diseñando un eventual plan de fuga; después se aleja de la orilla de modo torpe —se cae cada dos pasos— en dirección al paseo.

Jeremy, afectado por el suceso de la cena, y también con unos tragos de más, deambula por la solitaria playa. Imbuido en sus pensamientos, bebe de una botella que lanza al agua cuando da el último trago. Frente a él, a unos cien metros, avista una figura que de repente ha llevado a cabo una extraña maniobra —camina con prisas, se trastabilla, cae— y que le resulta familiar. Y lo es. Jeremy reconoce al francés y le viene a la cabeza la trifulca en el aeropuerto. Sin pensarlo se dirige hacia el hombre a la vez que intenta llamar su atención.

—¡Eh, francés, francés!

François acelera el paso, y enseguida éste se convierte en trote. Un trote que le lleva varias veces al suelo, aunque siempre vuelve a levantarse deprisa.

—¡Espera, espera! —grita el inglés—. ¿Cómo cojones se dice «espera» en francés?

A pesar de ir muy bebido, Jeremy acaba alcanzando a François.

—¡No me toque! —clama asustado el francés.

—Tranquilo, tranquilo. No pasa nada. Amigos, amigos —dice Jeremy mientras se golpea levemente el corazón con el puño. Pero François desconfía y retrocede con cautela, como un cangrejo. Jeremy le pide entonces que se calme mostrando las palmas de las manos abiertas y añade—: Siento mucho lo que pasó en el aeropuerto.

—Está bien, ya lo he olvidado. Son cosas que suceden —le responde François fingiendo una falsa simpatía.

—No, son comportamientos que no están bien —rectifica Jeremy.

A François todavía le desconcierta más la actitud del inglés. No acierta a entender qué es lo que pretende.

—Vamos a hacer una cosa: vas a devolverme el golpe —le propone Jeremy.

—¿Cómo? —pregunta un François cada vez más espantado.

—Vas a darme un puñetazo aquí —le pide Jeremy señalándose la mandíbula.

—Pero… —acierta a responder François.

—Venga, golpea —demanda Jeremy.

—Esto no tiene sentido. No creo que sea necesario llegar a este extremo —argumenta François.

—Escúchame, jodido gabacho. O me das tú o te doy yo. ¿No serás belga? —pregunta Jeremy con la clara intención de provocarle.

—¿Belga? —refunfuña François.

Jeremy ha conseguido poner el dedo en la llaga.

—Sí, seguro que eres más belga que la estatua del niño que mea —continúa Jeremy—. ¿Qué mierda coméis los belgas? Calla, no me lo digas. Mejillones. Por eso tenéis esa cara de coño.

François no puede reprimirse más y le suelta un contundente directo a la mandíbula. Jeremy cae redondo al suelo. François nota un punzante dolor en la mano con la que ha golpeado al inglés, que parece haber perdido el conocimiento. El francés repara en ello, olvida por un momento el dolor de su mano y trata de reanimarlo. François está cada vez más alterado. Le da un par de cachetes en las mejillas a Jeremy, pero el inglés no reacciona. Después de un gesto reprobatorio hacia sí mismo, decide hacerle la respiración boca a boca y, justo cuando está a punto de unir sus labios con los de Jeremy, éste vuelve en sí.

—Ni se te ocurra besarme, gabacho —avisa Jeremy.

—¡No pensaba hacerlo! Estabas inconsciente y por un momento me he preocupa…

—Vale, vale —le interrumpe Jeremy—. No hace falta que des tantas explicaciones. ¿Nos tomamos una copa?

François asiente y ayuda a Jeremy a incorporarse. Ambos arrancan a caminar bajo la luz de la luna hacia un luminoso en el que se lee Bay Bar.

—Odio Bélgica —afirma Jeremy.

—A mí me pasa lo mismo —añade François.

A medio camino entre la ciudad de Ibiza y Sant Antoni, un haz de potente luz se pierde en el cielo cada noche de verano, como los faros de Portinatx o Els Penjats. El inmenso foco le indica a los marineros *clubbers* o los peregrinos *dance* que han llegado a Amnesia, otro de los templos de ocio en la isla. Edificada en una antigua casa payesa, Antonio Escohotado la llamó, allá por los setenta, el «Taller del Olvido» y hoy en día la discoteca de la pirámide es, de la mano de Martín Ferrer, un referente a nivel mundial.

Y como un peregrino en busca de una señal, Stefano se baja del autobús que le deja en la puerta de la discoteca para integrarse en una marea humana. A Stefano esa luz le recuerda al Ojo de Sauron de *El señor de los anillos*; y todo ese gentío, a orcos y demás especies de la Tierra Media que acuden a su llamada. Nunca le ha preguntado a su superior si *El señor de los anillos* se puede considerar en cierto sentido una película religiosa. Un claxon saca al joven de sus cavilaciones, y una gran limusina rosa le rebasa camino del aparcamiento.

Stefano le pregunta a un aparcacoches por dónde acceden a la discoteca los invitados. Mientras le indica a un Ferrari dónde aparcar, el empleado señala con la otra mano hacia una zona con múltiples colas. Stefano se encamina hacia una puerta que es como una cabeza de Hidra, de la que salen un montón de tentáculos, cada uno marcado con un rótulo: VIP, GUEST LIST, DISCOUNT TICKETS, NORMAL ENTRANCE...

Stefano se dirige hacia la espectacular muchacha que tiene una carpeta en la mano, y a la que rodean unos porteros que podrían pertenecer a un equipo de lucha grecorromana de algún país del este de Europa.

—Hola, creo que mi nombre está en la lista de invitados.

—Estupendo.

Stefano se queda mirando los ojos de gata de la chica.

—¿Y cómo te llamas, cariño?

La voz aguda de la muchacha le saca de su ensimismamiento.

—Perdón, perdón... Stefano Vasile.

La chica hace un rápido repaso a la lista y subraya un nombre con un rotulador fluorescente amarillo.

—Stefano Vasile. Perfecto, puedes pasar.

El equipo de lucha grecorromana le franquea el paso, y Stefano accede al interior. Justo en el momento de entrar, piensa que quizá no es una buena idea, pero ya es tarde. La riada humana que se adentra en la discoteca lo absorbe como a un espermatozoide más que viaja hacia el útero electrónico. Los compases graves de los altavoces del espectacular equipo de la sala le van entrando directamente por los poros de la piel. La humedad reinante en el local hace que a los diez segundos ya esté transpirando. Se mezclan los olores de sudor, los perfumes, el humo para resaltar la iluminación, el incienso... ¿Incienso? De repente, Stefano empieza a fijarse en el personal. Muchos de los presentes van vestidos de curas, monjas, cardenales, obispos, monaguillos, novias... En el caso de los hábitos, han sido reinterpretados, pues hay curas enfundados en *clergyman* de látex o monjas con las vestiduras perforadas a la altura de los pechos. Todos se contonean de manera lasciva, provocativa, lúbrica. En un trapecio, una mujer —¿o es un hombre?— vestida de Bette Davis en *¿Qué fue de Baby Jane?* se balancea sobre la pista.

En los podios abundan las bailarinas y los bailarines casi sin ropa.

Es la viva imagen del infierno en la tierra, aunque de infernal no tiene nada. Stefano no sabe que está en medio de una de las fiestas más longevas de la isla: La Troya; la fiesta más loca, explosiva, colorista e irreverente. Para más inri, esa noche el tema es: «La Troya va de boda».

Entre el sonido, el calor, las luces, el humo y la multitud que se aglomera, como en la piazza San Pietro pero en una versión carnavalesca, a Stefano le parece que va a desmayarse. De repente, entre todo ese follón, la caótica y herética situación se convierte en una revelación. La oscuridad engulle a todas esas criaturas siniestras, y la luz se posa sobre una imagen: la de una chica que baila sobre un podio y que lleva en la muñeca de su mano izquierda una pulsera con un pequeño crucifijo. Es Sylvana, la dulce Sylvana, que baila al ritmo de una versión electrónica del *Hot Stuff* de Donna Summer:

> *...I need some hot stuff*
> *I want some hot stuff*
> *I need some hot stuff**

La chica de las toallas es ahora una espectacular gogó vestida de Virgen, con aura incluida. Stefano cree, más que nunca, que no va a poder resistir la tentación. Todo lo vivido hasta ese momento queda empequeñecido por lo que siente en ese instante. Saltaría sobre el podio, le arrancaría el manto virginal y la poseería allí mismo, delante de todo el mundo. «Dios, perdóname.»

* Necesito algo caliente / Quiero algo caliente / Necesito algo caliente.

Stefano sale despavorido de la sala. Sylvana, una vez más, vuelve a sonreír.

La luna menguante tiene un ángulo parecido a la sonrisa que se dibuja en el rostro de Martín mientras atraviesa la isla en la limusina rosa, con la que ya está familiarizado.

—Es alucinante todo lo que me está pasando.

Cinco metros más adelante, Huracán Ramírez, chófer profesional e interlocutor habitual de Martín en los últimos días, le responde:

—Chaval, creo que eres muy poco exigente con lo que esperas de la vida.

—¿Te parece poco?

—Uno tiene que saber hasta dónde puede llegar. ¿Sabes por qué tengo la cara así?

Martín prefiere no responder antes de meter la pata con algún chiste.

—Me dediqué al boxeo durante quince años, pero supe parar a tiempo. Me quedó este careto pero al menos no acabé sonado del todo. Tú sólo llevas un par de *rounds* en esta vida y ya se te empieza a nublar la sesera.

En ese momento, recortando la luz del ocaso, aparece el casoplón donde el chaval se va a instalar durante los próximos días.

—Bueno, creo que no será difícil cambiar mi hostal por esta humilde casa —puntualiza Martín antes de salir del coche. Una vez fuera, estira los brazos y respira hondo, disfrutando de su suerte—. Te dejo, Huracán. Pero no te preocupes, que tomo nota de lo que me has dicho. Aunque te comento una cosa: a veces, si sueñas con algo durante mucho tiempo y de forma intensa, ese sueño acaba cumpliéndose.

El chófer enciende un cigarrillo mientras ve al chaval dirigirse, con la mochila en la mano, hacia el interior de la casa. De forma casi imperceptible, unas palabras se le escapan junto al humo de su primera calada:

—Eso es lo que tú te crees.

Huracán abre el techo de cristal de la limo, sintoniza Ibiza Global en la radio del coche y se dispone a disfrutar de un pequeño descanso. Esa noche el cielo está estrellado, y momentos así hay que aprovecharlos.

Son las tres de la madrugada cuando Stefano, en plena crisis espiritual, llama desesperado a la puerta de la vicaría. El padre Murillo le abre en pijama. Stefano se cuela en la iglesia y el cura va tras él.

—Pero, hombre de Dios, ¿qué es lo que te pasa y adónde vas con esa pinta? —pregunta el padre Murillo.

—Temo que no voy a ser capaz de resistir la tentación —admite un Stefano consternado.

—Ay, Dios mío, pero ¿de dónde vienes tan agitado? —quiere saber el cura.

—De un aquelarre, de una orgía, del infierno —describe Stefano con angustia.

—Venga, no exageres —le reprocha el padre Murillo.

—De una discoteca llamada Amnesia —admite con cierta vergüenza Stefano, que piensa que quizá sí está exagerando.

—¡Joder! ¡Es que tú también te metes en cada jardín! —brama el padre Murillo.

—Temo que mi fe no sea tan sólida como yo pensaba. Es endeble, no sé sobre qué se sustenta. ¿Cómo voy a poder servir a Dios de esta manera? —se interpela el propio Stefano, un tanto alterado—. Mi *mamma* ya me lo decía: «Stefano, piensa con la cabeza de arriba, no con la de abajo».

—¿Qué sucede? —pregunta Carmela, una mujer que aparece en camisón, con una cabellera plateada desmadejada y desprendiendo bondad a raudales. Stefano no da crédito. El padre Murillo, que entiende la sorpresa del joven clérigo, mira a éste con cara de circunstancias. Carmela se acerca.

—Pero... —alcanza a decir Stefano.

—Mi mujer —admite con naturalidad el padre Murillo.

—¿Su qué...? —pregunta Stefano con incredulidad.

—Bueno, no estamos casados. Ya sabes que los jefes no ven estas cosas con buenos ojos. Tampoco somos los únicos, no te vayas a pensar, pero sí, es mi mujer y el pilar en el que se sustenta mi fe —concluye el capellán.

Stefano se queda pasmado, mientras que Carmela sonríe y acaricia suavemente la cabeza del viejo sacerdote.

—¿Un café? —pregunta Carmela a la pareja de curas.

Stefano asiente de forma mecánica, pero enseguida rectifica.

—Mejor una tila.

En el complejo Poseidón V, los dibujos animados en el televisor del apartamento de Rebe están a todo volumen. A ella no parece importarle; está tirada en el sofá con una caja de *kleenex* y los ojos rojos de haber llorado mucho durante las últimas horas. Los niños están estirados en el suelo, disfrutando por partida doble de la tele y del agradable frescor que les proporcionan las baldosas. Llaman a la puerta. Rebe se levanta de forma automática y abre. Al otro lado, Angie.

—Tengo algo importante que hacer. ¿Me acompañas?

Rebe mira fijamente a su madre y no le contesta.

—Por favor, hija.

Rebe no está acostumbrada al tono de súplica de Angie. Nota que tiene ganas de llorar, pero se aguanta y asiente con la cabeza. Toca hablar.

Un pequeño estudio de tatuaje en la calle de la Virgen. El material de trabajo está distribuido como si se tratara de delicadas herramientas quirúrgicas. Sobre una mesa blanca se extiende la empuñadura, la punta, la aguja, la cápsula para la tinta —con diferentes recambios y colores—, los guantes, el vaporizador, la aguja lavadora... Rebe lo observa todo sin decir nada y sin mirar a Angie, que ya ha puesto su hombro a disposición de Leo, el tatuador, un tipo que recuerda al Ewan McGregor de *Trainspotting* con el cráneo rapado al cero y abundantes dibujos tribales y perforaciones en la cara. Un poco más allá, Bratt y Jennifer se entretienen mirando álbumes de fotos con muestras de los tatuajes. En la sala sólo se oye el sonido penetrante de la máquina de tatuar, hasta que Angie empieza a conversar:

—Rebe, Charly es un buen chico y una noche loca la tiene cualquiera. No es motivo suficiente para separarse.

—Una noche loca con mi madre.

El tatuador no puede evitar levantar la mirada una décima de segundo con ese comentario, pero luego sigue con su trabajo.

—Bueno, eso es un detalle que tiene su importancia, pero un detalle al fin y al cabo.

—Joder, mamá.

«¿Mamá?» El tatuador vuelve a mirar a Rebe y después a Angie. Incluso para la máquina, pero sólo un segundo antes de retomar su tarea.

—Mira, hija, piénsatelo bien. A mí no hace falta que me perdones; yo ya no tengo remedio, pero a Charly… Total, ¿qué ha hecho? ¿Tirarse a otra?

—Y dale. ¡A otra no, a mi madre!

—Vaaale, se ha tirado a tu madre, pero te lo ha dicho en cuanto te ha visto. Al menos es sincero. Y eso es muy importante. Incluso podría decirse que técnicamente no te ha engañado.

Ahora el parón del tatuador ya es de tres segundos, en los que observa a madre e hija, y sacude la cabeza en señal de incredulidad.

—Mamá, tú no eres la más indicada para darme consejos sobre la vida en pareja.

—¡Eh, no te pases! Y escucha, niña. No fue tu padre quien se marchó, fui yo quien lo echó de casa porque estaba harta y en realidad llevo diez años arrepintiéndome. Este tatuaje que me estoy haciendo ahora… —Angie se señala el hombro en el que Leo le está dibujando una pareja sobre una Harley-Davidson—. Me lo tenía que haber hecho hace veinte años. —Tiene lágrimas en los ojos, y Rebe la mira—. Porque tu padre es el mejor hombre que he conocido en mi vida. Tiene sus cosas, como todos. Como yo. Como tú. Como Charly. Pero nos queríamos, y lo echo de menos, niña. Lo echo mucho de menos.

El tatuador empieza a tragar saliva. Madre e hija se abrazan.

—No quiero que por una gilipollez mía pierdas a un hombre cariñoso, que te quiere, que está hecho polvo, que se arrepiente y que además es el padre de tus hijos. No quiero que Bratt y Jennifer estén sin un padre como lo estuviste tú, mi amor.

A Rebe le puede más el torrente que se ha desatado en su

interior que cualquier sensación de orgullo o despecho. Rompe a llorar y se abraza de nuevo a su madre.

El tatuador, que ha estado aguantando lo que ha podido, no soporta más y empieza a sollozar.

—Joder, no puedo seguir, perdonadme un minuto. Joder, joder…

Se va a llorar detrás de una cortina. Y Rebe y Angie no logran reprimir una carcajada entre sollozos.

—Además, tal y como está el patio, no vas a encontrar a un tío que folle como tu marido.

Sigue la risa y el llanto, pero Rebe toma un respiro.

—No sé, mamá, no es tan fácil. Necesito tiempo para ver si puedo perdonarlo.

En la zona de Sant Josep, donde se ubica la casa que Tiffany London ha alquilado, los rayos de sol esquivan ya los islotes de Es Vedrà y Es Vedranell, y entran con toda la fuerza del mediodía por la ventana del dormitorio en el que Martín se recuesta en la espalda de su anfitriona. Dormitan en la postura de la cucharita. El chaval, de tan encantado que está, se siente enamorado. Incomodada por la luz que entra en la estancia, y a pesar del antifaz que tapa sus ojos, Tiffany se despierta. Parece molestarle aún más que su compañero de cama esté tan cerca de su piel. Lo empuja hacia un lado y se levanta como un resorte. Martín, por la onda expansiva del movimiento, abre los ojos.

—Buenos días. Qué bien se duerme en este colchón.

Pero no recibe ninguna respuesta. Tiffany, a una velocidad que a él le parece sobrenatural para estar recién levantada, está chequeando su móvil y al mismo tiempo abre la puerta de la habitación.

—¡¡¿Por qué cojones nadie me ha despertado?!!

Martín ahora sí que se da cuenta de que, además de tener prisa, Tiffany no está de muy buen rollo. Aparece una criada.

—¿Dónde coño está mi desayuno? Hace rato que tenía que estar en la peluquería de Christophe.

—Ahora mismo se lo traigo, señorita.

—¡Pierde el culo! ¡Y prepárame la ropa! Estoy hasta el coño de tanta incompetencia. Yo pago una pasta para tener un buen servicio, ¿sabes? Mañana no hace falta que vengas. Ya le diré a la agencia que mande a otra chica. Venga, arreando.

Durante la desproporcionada bronca, la chica es incapaz de alzar la vista del suelo. De hecho, abandona la estancia sin levantar la cabeza.

Martín, que se ha incorporado, está un tanto alucinado. Nunca la había visto así. Ella se da la vuelta y repara en él. Con un cambio de tono y actitud que roza la bipolaridad, le sonríe diciéndole:

—Oh, cariño, te he despertado. Lo siento mucho. ¿Lo pasamos bien ayer en Km5, verdad? Ana es una anfitriona estupenda, y esa DJ con una «M» tatuada en el brazo me encantó.

Se acerca hasta la cama y se lanza en sus brazos. El chaval está un tanto confundido por haber asistido al show del doctor Jekyll y el señor Hyde en directo. Pero la confusión se le pasa con dos profundos besos y esa mirada azul de ella, que le sigue recordando al río Tormes.

—¿Sabes una cosa, *Mártin*? —A él le encanta ese acento en la «a» que pone ella cuando pronuncia su nombre—. He estado pensando que sería una buena idea que actuases para mis amigos e invitados esta tarde.

—¿Cómo?

—Sí, esta tarde hago la fiesta de la puesta de sol para mis

amigos y la gente que conozco en la isla. Son personas importantes. Seguro que les vas a encantar...

—¡Uau! ¿En serio? Pues no sé, la verdad es que... —El chaval duda por un momento, y las cejas de ella empiezan a fruncirse poco a poco—. Me parece que no he traído el esmoquin en la mochila. ¿Puedo actuar con vaqueros y camiseta?

Tiffany reacciona como la niña que en el fondo es y pasa del ceño fruncido a un arqueo de cejas digno de *Alicia en el País de las Maravillas* en la versión de Walt Disney.

—¡Tonto! ¡Me has engañado!

Coge un cojín relleno de plumas naturales y le declara una guerra de almohadas a Martín con un buen golpe. Él agarra un cuadrante e inicia el ataque. Tras un breve intercambio, vuelven los besos, los abrazos. Vuelve la felicidad.

En la cocina, mientras exprime unas naranjas para llevarle un zumo natural a miss London, una criada llora al saberse despedida.

Uno de los mercados hippies de Ibiza, al estilo de los que hacían quienes decidieron instalarse en la isla en los años sesenta y vivir de sus fabricaciones artesanales, tiene lugar en el municipio de Sant Carles. En ese mercado de Las Dalias, Deivid vende sus collares en un pequeño puesto. Pero hoy, la gente que pasa por delante del tenderete, más que mirar las creaciones de Deivid, se fija en el chaval hecho una piltrafa que está sentado a su lado. Charly, con collarín, brazo en cabestrillo y muletas, no deja de lamentarse.

—La he jodido bien jodida. Igual tenía razón el Fer y hay que irse a Tailandia y pasar de todo. O venirme aquí contigo, Deivid, donde vives de puta madre. Hasta la polla estoy de tanta maleta, tanto niño, tanto perro y tanta hostia.

Deivid mira a Charly muy serio.

—¿Sabes cuál es el problema, colega? El puto problema es que todo el mundo quiere lo que no tiene; no nos conformamos con lo que tenemos. El puto problema es que el ser humano es gilipollas por naturaleza.

—¿Has vuelto a fumar esa mierda que me diste?

—No, no he vuelto a fumar, imbécil.

Charly no sabe por dónde van los tiros, pero Deivid va lanzado.

—Yo estoy aquí porque seguramente no tengo una mujer como la tuya, tronco; en el barrio todos te teníamos envidia porque estabas con la Rebe. No tengo unos hijos como los tuyos, que son unos cabrones de mucho cuidado, pero que se parecen un huevo a ti cuando eras chinorri. Tampoco tengo un perro como el tuyo, porque en mi puta vida he tenido ni perro ni gato. Y, joder, ¡tampoco tengo una suegra como la tuya! —concluye, y le arranca una sonrisa a Charly—. Por eso estoy aquí. Porque si tuviera lo que tienes tú, estaría en mi casa con mi familia. Y si la hubiera jodido bien jodida, en lugar de estar aquí lamiéndome las heridas y pasando de todo, me levantaría y lucharía por ello. Porque vale la pena, tronco. Te lo dice el Deivid.

Charly asiente con la cabeza, y sus ojos se humedecen y brillan.

Atardecer en Venecia es el cuadro de Claude Monet que sirve como ejemplo del contraste de temperatura producido al confrontar colores cálidos y fríos. En la pintura se aprecia un cielo de color azul que se va mezclando gradualmente con unos tonos naranjas, hasta convertirse, en la línea que coincide con el horizonte, en una gama de rojos a base de pinceladas llameantes. El cielo que Stefano tiene ante sus ojos en la azotea del hostal muestra ese capricho cromático y atmosférico que interpretó el pintor galo.

Una ligera brisa propia del atardecer mece el cabello de Stefano cuando aparece Sylvana y se apoya en la balaustrada junto a él. Se miran. Ella sonríe. Él, antes de rendirse, vuelve a dirigir su mirada hacia el cielo.

—¿Cómo supiste que iba a sentarme justo en aquella mesa del Pereyra? —pregunta intrigado Stefano.

—Bueno, en realidad deberías haberte fijado en las demás. En todas puse la misma servilleta escrita —puntualiza Sylvana.

—Tienes una letra preciosa —dice Stefano.

Stefano se aproxima a Sylvana de una manera lenta y torpe, con la intención de darle un beso. Sylvana, que percibe esa torpeza e inseguridad, toma la iniciativa; le pasa una mano por detrás de la nuca y acerca su rostro al de ella. La pareja acaba fundiéndose en un prolongado beso entre las sábanas tendidas, que se mecen al ritmo de la brisa como lienzos en blanco.

Día de boda en Villa Tur. Finalmente Jorge Javier ha estado a la altura de su fama como director de eventos, y todo está perfectamente preparado: la decoración del jardín, las decenas de flores que lo adornan, la carpa, la música, el catering con la ensalada Can Pau… Todos los invitados —una mezcla germana de actores, directores, modelos, presentadores, banqueros, empresarios, políticos y algún futbolista que no ha querido perderse la ceremonia— van vestidos de blanco ibicenco.

En el salón que da al jardín se encuentra Mathias preparado y tranquilo. Su traje blanco de Dolce & Gabbana le sienta como un guante. En la habitación, Lukas viste el mismo traje que su novio. Le sienta igual de bien, pero le falta el temple de Mathias. Está de los nervios, prácticamente temblando. Se mira con insistencia en el espejo.

—No puedo, no puedo, no puedo.

Afuera algunos invitados miran su reloj. Hay murmullos. La pareja ya hace rato que debería haber aparecido en la carpa. Ralf y Klaus en primera fila con Kylie sentada a su lado están más nerviosos que los demás.

—Lukas no va a salir.

—¡Ralf! O te callas el resto de la ceremonia u os pongo un bozal a Kylie y a ti.

—¿Serías capaz?

Klaus asiente.

Mientras tanto, Lukas respira hondo ante el espejo.

—No puedo, Mathias. No puedo. —Y sale decidido del baño para decirle a su novio que no se siente con fuerzas.

Pero allí está Mathias, esperándole con el traje blanco que él le eligió y las gafas de sol puestas. En la puerta del salón que da al jardín, y con un contraluz que le confiere un aspecto angelical, Mathias le sonríe, le tiende la mano. En sus labios se lee un claro «Te amo, Lukas». Finalmente éste se pone las gafas de sol y avanza hacia su futuro marido.

Suena la música en el jardín, Mendelsson en clave *chill out*. Se siente el alivio, y suenan los aplausos de los invitados. Los novios cogidos de la mano comienzan el recorrido que les llevará hasta el altar. Es un pasillo formado por los invitados, pero también por efebos que lanzan pétalos a la pareja.

—¿Y éstos de dónde han salido? —Lukas está alucinado.

—Los contraté. Espero que hayas aprendido algo de todo esto y seas capaz de evitar la tentación.

—Te odio.

—No es eso lo que tienes que decirme después de besarme.

Ambos llegan hasta el altar entre el júbilo general. Lukas, muy emocionado, nota la diferencia entre las lágrimas de verdad y las que él acostumbra a derramar.

—Te quiero, marido mío.

—Y yo.

Un empleado del hotel intenta con desigual fortuna extraer las cenizas de Henry que se han posado en el fondo de la piscina.

La familia Barrow ha decidido abandonar el hotel. Jeremy carga parte del equipaje en un coche de alquiler. Alrededor del coche también se encuentran Burns, Liam, Vicky, Sean y Ethan.

—¿Estaréis bien? —pregunta Burns, que no esconde el fastidio que le provoca la marcha de su amigo.

—Sí, vamos a hospedarnos al otro lado de la bahía. No os preocupéis —responde Jeremy intentando consolar a Burns.

—Marjorie, Stuart y Mike se marcharon ayer por la noche en un vuelo chárter —añade Burns.

—No me extraña —puntualiza Jeremy.

Debbie y Amy se acercan al coche con el equipaje restante; se lo alcanzan a Jeremy para que lo introduzca en el maletero. Debbie se dispone a entrar en el vehículo, pero antes dirige la mirada hacia la ventana donde se encuentra Carey, que contempla la escena desde su habitación. Carey, con más vergüenza que reproche, cierra la cortina.

Jeremy se abraza con Burns y Liam, sube al coche y arranca. La familia Barrow inicia el recorrido en silencio. Minutos más tarde, Debbie comenta:

—Puede que no haya sido la mejor manera de hacerlo, pero ahora sí siento que esto son unas vacaciones de verdad, con mi familia, con las personas a las que quiero.

Amy apoya la mano sobre el hombro de su madre.

—Hubiera bastado con decirlo —justifica Jeremy.

—Son ya muchos años, y durante este tiempo he aprendido que sólo funcionáis a base de golpes. Da igual que sea un puñetazo en la cara o uno en el alma —aclara Debbie.

—Qué filosófico suena eso —señala Jeremy.

—No te preocupes, hasta aquí llega mi clase de filosofía —zanja Debbie mientras se deja atrapar por el paisaje que ve a través de la ventanilla—. Me apetece un gin-tonic.

—A mí también —reclama Amy.

—Tú no tienes edad ni para eso ni para jugar con encendedores, ¿de acuerdo? —advierte Debbie a su hija.

—¿Desde cuándo fumas? —pregunta Jeremy girando la cabeza hacia su hija.

—Mira al frente, Jeremy Barrow. Son cosas nuestras —ordena Debbie.

Jeremy obedece. Las manos de madre e hija se agarran con fuerza. El coche se abre paso entre una frondosa pineda.

La casa de Tiffany luce bellamente iluminada, con velas por todas partes, para la fiesta del *sunset* que ha organizado y que se ha convertido ya en una tradición en la isla durante los últimos años. A lo largo de la tarde han ido llegando numerosos invitados que se han ido desparramando por las diferentes barras y mesas instaladas en el jardín. Empresarios locales y hombres de negocios que están de paso, artistas que veranean por esas latitudes, gente bien de la isla que aprovecha el verano para establecer vínculos con los visitantes, numerosos amigos de Tiffany y de su familia, algún periodista isleño de confianza que suele cubrir el evento para el *Diario de Ibiza* y otros asistentes que conocen al primo de un amigo del cuñado de un invitado y se cuelan en la finca. En definitiva, están presentes muchas de las caras que van paseándose de fiesta en fiesta durante el estío ibicenco, personalidades que tal vez han desarrollado un modus operandi que les permite sobrevivir a base de canapés, mojitos y chupitos de hierbas que se agencian hoy aquí y mañana allá.

Martín va solo de un lado a otro observando al personal. Tiffany está demasiado ocupada haciendo de anfitriona para estar pendiente de él. Pero no le importa, le va bien un momento de soledad para repasar algunas de las cosas que quiere explicar en su monólogo. Siente nervios, pero sabe que es normal; siempre está nervioso antes de actuar. Un monologuista uruguayo que podría ser su abuelo le dijo una vez en Barcelona: «El día que no sientas nervios antes de salir a actuar, mejor que dejes este oficio. Porque ese día será el principio del fin». Y ahí está él, hablando solo, repitiendo chistes y bromas, y soñando entre frase y frase con una gira mundial que podría proponerle alguno de los ilustres invitados.

No sabe muy bien el tiempo que lleva deambulando por el jardín cuando aparece un empleado. Éste le comunica que lo esperan en la casa. «Vamos allá —dice para sus adentros—. Parece que hoy se ha vendido todo el aforo.»

Y así, bromeando consigo mismo, entra en una sala donde los invitados se han ido distribuyendo alrededor de una especie de tarima con un micro en el centro. Martín esperaba aparecer en el escenario de la mano de Tiffany o que ésta le presentara, o cualquier cosa cálidamente similar, pero ella está pasándoselo pipa con unos gemelos que por su apariencia bien podrían ser modelos de un anuncio de Bikkemberg. De modo que Martín se rige por el clásico «Valor y al toro», se sube a la tarima y se mete en harina.

—¡Buenas noches! La verdad es que nunca antes había contado con un público tan distinguido, exceptuando aquella vez que me llamaron para actuar en la cárcel. Ya saben que hoy en día hay más gente rica encarcelada que en libertad.

Alguna sonrisa incómoda se hace presente.

—He actuado en teatros bastante más pequeños que este salón comedor y normalmente las casas de la gente que conozco son como el cuarto de baño de invitados que tenéis aquí. Mi propia casa, por ejemplo, esa casa de típica familia de clase media que después de la crisis se convirtió en clase baja. Aunque os diré que es mucho mejor ser clase baja, que clase media que se cree alta porque tiene dos coches y una segunda residencia sin darse cuenta de que todo es de esas grandes ONG que son los bancos. No, tranquilos, no voy a hablar de los bancos ni de los banqueros, no sea que por aquí haya alguno. Por una cuestión estadística, entre ustedes seguro que hay algún cabrón chupasangre. ¡No se preocupen, no es contagioso! Siempre que no te convenzan de convertir tus ahorros en preferentes…

Murmullo general…

La gente no acaba de entender al chaval. Si la idea de Martín con su ácido discurso era provocar alguna carcajada, una risa o una simple sonrisa, enseguida se da cuenta de que ha elegido el camino equivocado. Pero es más fácil que un yihadista renuncie a sus creencias que un cómico a sus chistes. Eso nunca.

El único que parece pasárselo en grande en un rincón, aunque lo disimule, es un conductor de limusinas llamado Huracán Ramírez.

François llega aturdido a casa, entra y camina intentando no tropezar con nada y evitando hacer cualquier tipo de ruido. Le lleva su tiempo hasta que consigue llegar a su habitación. Una vez dentro, repara en un sobre que hay encima de la mesita de noche. Es del consulado de Francia y va dirigido a su atención. Enganchada al sobre, una nota adhesiva firmada: «Esta mañana llegó esto para ti. Buen viaje. Aina». Del interior extrae un pasaje de avión, su nuevo pasaporte y algo de dinero en efectivo. François se sienta en la cama. La borrachera se evapora y deja paso a la conciencia, que revela todo lo que ha vivido durante estos días y el significado que tiene el sobre entre sus manos.

Martín está enfilando la recta final de su actuación. Las caras de su audiencia, más que mejorar, se han ido avinagrando. De hecho, bastantes invitados han abandonado la sala para ir hacia las barras y mantener su nivel de alcohol en sangre.

—Y antes de acabar quiero agradecerles que hayan venido a verme hasta esta mi casa. Porque claro, una casa no es de su propietario, sino de quien vive en ella, ¿no? Pues les puedo asegurar que como yo la estoy viviendo no va a haber muchos que lo hagan. También en nombre de mi futura esposa y yo… —Martín le hace un gesto cariñoso a Tiffany, pero ésta no ha cambiado su gesto adusto durante todo el monólogo y tampoco lo hace ahora—. Me gustaría anunciarles mi próximo matrimonio con Tiffany, la mujer de mi vida.

Ahora Tiffany alucina.

—*What?!*

—Cuando ella y yo nos conocimos, supe al instante que lo nuestro sería para siempre. Ella, una niña rica malcriada. Y yo un niño pobre, al que han criado como han podido. Eso sí, espero durar más a su lado que alguno de los miembros de su servicio. ¡Te quiero, *baby*! Gracias.

BOOM. Final. Ni rastro de aplausos, ni por cortesía. El poco público que quedaba se retira por completo. A Martín se le ha congelado la sonrisa y el saludo final. Sólo la visión de Huracán Ramírez al fondo de la sala haciendo el gesto de aplaudir le reconforta por un segundo. Pero dura poco la alegría en la casa del pobre.

—¿Tú eres imbécil o qué? Pero ¿quién te has creído que eres? Te invito a mi casa, te doy la oportunidad de que actúes para mis amigos y te ríes de ellos en su cara.

—Pero, cariño… Era una coña en plan Ricky Gervais.

—¡Ricky Mierda! Coge tus cosas y sal de esta casa ahora mismo.

Tiffany da media vuelta para marcharse, pero Martín la agarra del brazo. Y eso a ella no le parece una buena idea.

—¿Qué haces? ¡No me pongas la mano encima! ¡Seguridad!

—Yo te quiero, Tiffany.

Ahora parece que alguien ha apretado el botón de pausa en la cara de ella. Pero sólo el tiempo suficiente para que clave sus ojos en él. A Martín ya no le parecen tan azules y acogedores, sino más bien verdes y felinos, como los de un puma antes de saltar sobre un ciervo. Unos ojos que le susurran: «Tú eres tonto».

No hay tiempo para más. Unas cuantas manos tamaño XXL agarran a Martín y lo sacan en volandas de la casa. Por el camino hasta la puerta de la entrada, el chaval se lleva un par de hostias y algunos golpes de propina que le dejan grogui. Después es arrojado como una bolsa de basura fuera de la propiedad.

La sombra de las aspas del ventilador parecen lamer las paredes de la habitación del hostal. Es un movimiento uniforme y suave, que contrasta con la oscilación sincopada y animal de Sylvana y Stefano en la cama. También hay un contraste entre los pliegues de las sábanas, alborotados y constreñidos, y la piel prieta y joven de la chica, ahora en constante fricción y sudorosa.

La pareja se besa con ansias y lame la sal de su sudor tras cada jadeo. Sylvana presiona su pubis contra el cuerpo de Stefano y luego empieza a recorrer la silueta de su amante con la boca. Comienza por el cuello y poco a poco va descendiendo por el pecho y el abdomen hasta llegar a la entrepierna. Stefano se impresiona cuando nota que la boca de Sylvana se aferra a su cáliz; abre los ojos en un impulso eléctrico fruto del contraste refrescante y húmedo. Nota los dientes de ella arando las paredes de su obelisco divino.

Stefano acaricia suavemente la oscura melena de Sylvana mientras escucha el sonido de los labios de ella en su pene. Las manos de Stefano se anclan a las sábanas cuando nota la convulsión que precede al orgasmo. Antes de que eso suceda, se incorpora y atrae hacia sí a Sylvana, que ha entendido la señal y ahora se coloca sobre él para cabalgarlo. Stefano nota que se abre paso entre las carnes de Sylvana como Jesús entre los mercaderes del Templo, y ella jadea por el bombeo de ese apóstol que la ensarta.

El joven sacerdote acaricia los turgentes y generosos pechos de Sylvana, y nota la rugosidad de sus pezones erectos y duros, rodeados por una enorme areola oscura y contraída. Le viene a la cabeza Carolina, una niña de su pueblo natal a la que llamaban «Pezón negro» por la morenura de sus senos. Entretanto ella pasea sus dedos por la parte interna de los muslos y el escroto de su huésped, hasta que introduce uno de ellos en el ano del italiano, que franquea el paso al notarlo. Otro latigazo de placer. La respiración se acelera; ambos se miran a los ojos. Sylvana sonríe, y Stefano también.

Ella contrae sus paredes vaginales, una auténtica Capilla Sixtina orgánica, y se agita con fuerza. Sus gemidos dejan cada vez menos espacio al silencio. Stefano se agarra a las rotundas nalgas de Sylvana, que se excita más al notar cómo los dedos de su amante se clavan en su piel. La respiración del sacerdote milanés se entrecorta, y ya no puede evitar el calambrazo que recorre su cuerpo. Un grito ahogado de placer ha hecho que pierda de vista el mundo, pero sobre todo su fe. La ha borrado esa sacudida de efervescencia animal. Ahora ya sabe en quién creer, en qué creer, cómo hacerlo y a quién entregar su vida, su cuerpo y su alma; por quién rezar y a quién adorar. Es consciente de ese trance epifánico y lo transmite a través de sus ojos. El brillo en su mirada es lo que provoca que Sylvana se corra y se deje caer sobre él —hubiera sido ideal que en su primera noche llegasen juntos al clímax, pero eso sólo pasa en las películas—. Ambos se buscan con las manos y comienzan a comerse a besos, a secarse el sudor, a explorarse con la mirada y a recuperar el pulso.

Sylvana lo desmonta sólo para poder acostarse a su lado. Stefano se acomoda junto a la persona que se va a convertir en su dogma, su camino y destino. Ahora sí que el joven místico ha encontrado las puertas del cielo. Recreándose en ese pensamiento, abre los brazos y se agarra a los extremos de la cama, crucificado de placer. Y de amor.

Toni apremia a un atribulado François para que suba a la camioneta. Va a llevarlo al aeropuerto, pero François busca con la mirada por todas partes algún rastro de Aina.

—Pero ¿dónde está Aina? Tengo que despedirme de ella —masculla.

—Venga, hombre, que llegamos tarde. Si está buscando a Aina, le informo que ha salido muy temprano —dice Toni sacando la cabeza por la ventanilla de la camioneta e instándolo con un gesto para que suba al vehículo.

El motor ruge.

—No sé por qué tanta prisa. El avión no sale hasta dentro de cinco horas —aclara François.

—Espe, la cerda preñada, está a punto de dar a luz —le comenta Toni, aunque François sigue sin entender lo que le dice el payés.

Toni empieza a gruñir de forma porcina para hacerse entender.

—¡Gronf! ¡Gronf! ¡Gronf!

—Ya, ya, la cerda. No sé qué tiene que ver esa maldita cerda en todo esto. Sólo quiero despedirme de Aina —dice cabreado François mientras se sube a la furgoneta, que enseguida arranca y se aleja de la casa.

Aina ha sido testigo de toda la conversación desde la acequia donde se halla sumergida de cuerpo entero.

Zona de salidas del aeropuerto de Ibiza. Rebe empuja con decisión el carro de las maletas. A su lado, Jennifer y Bratt intentan seguir el ritmo. A Ronnie no le queda más remedio porque va atado al carro. Al llegar a la cola de facturación,

Bratt tropieza debido al frenazo y se golpea en la cabeza con una maleta. Golpe leve pero justo para romper llorar, y Jennifer a reír. El cuadro habitual. Rebe le hace unas caricias mágicas en el lugar del golpe.

—Venga, cariño, no pasa nada.

Y la magia surte efecto: Bratt se calma. Justo en ese momento, Jennifer exclama:

—¡Papá!

Rebe se gira y ve a su marido con el collarín, el yeso, las muletas y un ramo de flores para añadir más patetismo, si cabe, a su estampa. Ronnie logra desatarse y sale corriendo hasta donde está Charly.

Rebe se acerca con preocupación.

—Pero, Charly, ¿qué te ha pasado?

—Nada. —Charly improvisa—. Tuve un pequeño accidente con la moto del Deivid, pero todo está bien.

Pasado el susto, Rebe vuelve a su semblante serio y preocupado.

—Rebe, eres la mujer de mi vida y la madre de mis hijos. No quiero que por esa tontería que ha pasado lo nuestro termine.

Los viajeros de la cola empiezan a prestar atención a la conversación de la pareja disimuladamente.

—¿Tontería? Te recuerdo que te has tirado a mi madre.

Una sola frase y el disimulo de los viajeros para escuchar se desvanece. Empiezan los primeros «Ooohhh» entre los espectadores de la conversación.

—Sí, me he tirado a tu madre y te pido perdón.

—Es muy fácil decirlo.

Los viajeros de otras colas también se apuntan a la escena.

—Pero yo te quiero, cariño.

—Lo podías haber pensado mejor antes de... ¡Joder, Charly! ¡Es mi madre!

El número de pasajeros que contempla la situación aumenta, y también los «Ooohhh».

—Y no sabes cómo lo siento, cariño. Lo juro. Y aunque ahora te vayas, que sepas que voy a luchar por ti a muerte.

Charly inicia un esforzado movimiento para quitarse la camiseta. El cabestrillo y las muletas no ayudan demasiado, pero lo logra. En el pecho luce un tatuaje recién hecho, bien grande, que dice: «Rebe».

Hay un segundo de silencio y de repente todos los espectadores que se han ido congregando empiezan a aplaudir.

—¡Callaos, coño!

El grito de Rebe ha cortado el aplauso de cuajo. Vuelve la tensión. Ronnie se esconde tras el carro, y Rebe se acerca aún más a Charly.

—Esto no ha pasado nunca. Este verano no ha existido. Tú y yo jamás hemos estado en Ibiza. ¿De acuerdo? —Apenas ve que Charly asiente con la cabeza, añade—: Y ya te digo que vamos a tardar una temporada en ir a comer a casa de mi madre. —Le estampa un beso en los morros. Ahora los aplausos de los presentes se acompañan de vítores. Ronnie mueve la cola y de la emoción se mea en la pierna de Jennifer. Ésta rompe a llorar, y a su hermano Bratt le toca por fin echarse unas carcajadas a su costa.

—Gracias, Rebe, mi amor. Sólo te pido un último favor. Déjame que os lleve a un lugar para que no nos vayamos de la isla con esta mala vibra.

Charly agarra el carro a duras penas, y todos se dirigen a la salida del aeropuerto. Mientras, en el mostrador de Air France, está François charlando con dos peculiares azafatas: una de rostro cubista, pelo rojizo y ojos que parecen estar a punto de salirse de sus cuencas; otra de voz grave, mechas californianas, ademanes masculinos y manos gigantescas. Ninguna de las dos confirma si el billete es válido o no para el próximo vuelo; el típico problema con los localizadores.

—Bueno, tal vez pueda volar mañana —comenta con un halo de esperanza François—. Tengo entendido que este es el aeropuerto del mundo donde más billetes se cambian de día.

—Sí, señor. Y así es. Pero no se impaciente, que estamos en ello —le informa la azafata de ojos saltones.

—Aquí está, mire —informa la azafata de pelo rojizo.

—Virgen del Sagrado Corazón, este billete es de repatriado, ¿verdad, caballero? —pregunta la mujer de las mechas californianas.

—Claro, la gente viene a Ibiza de fiesta, se gasta todo el dinero y luego que los repatríe el papá Estado, ¿no? —puntualiza la azafata de rostro poliédrico.

—Qué poca vergüenza —sentencia la manazas.

En ese mismo instante aparece Aina con un manojo de cebollas. En el rostro de François se refleja una inmensa alegría. Aina le besa apasionadamente frente a la atenta mirada de las dos azafatas, que asisten boquiabiertas.

—Para ti. Cebollas —le dice Aina.

—Conozco a un fornido y guapo campesino de la zona que las tiene mejores —bromea François.

—Lo dudo. Y además conozco un sitio en el que jamás estuve con él —le confiesa Aina.

—¿Me vas a llevar?

—Por supuesto.

—Perdonen, pero están obstaculizando el paso de los otros viajeros —le informa una azafata.

François deja las cebollas sobre el mostrador y agarra a Aina por la cintura. Se disponen a marcharse.

—¡Eh, oiga! ¡Qué pretende que hagamos con esto! —exclama la otra azafata.

—¡Háganse una buena sopa! —les recomienda François volviéndose hacia ellas.

En el box de Urgencias del Hospital Can Misses, Martín se recupera de los golpes recibidos. Lo primero que ve al abrir los ojos es una cara desfigurada que le resulta familiar.

—Te dije que acabarías en Urgencias, chaval.

—¿A ti también te han echado de la fiesta, Huracán?

—Aún tienes ganas de risa, ¿eh? Deberías saber que a los ricos no les gusta el humor porque cuando nos reímos nos relajamos, y ellos no se relajan nunca, no sea que les vayan a robar la cartera. Además, qué cojones, son insoportables. No valoran nada de la vida y se creen que pueden tenerlo todo chasqueando los dedos. ¿De verdad creíste que te iban a dejar entrar en su liga? Ellos son como los perros: se reconocen por el olfato y saben detectar a un pobre a kilómetros de distancia para alejarlo de sus movidas, excepto cuando alguno les cae en gracia y deciden «adoptarlo» para que les entretenga, hasta que llega el momento de darle una patada en el culo. También es verdad que tú la patada te la has ganado a pulso. Menuda cara ponían cuando hablabas de los bancos.

La risa de Huracán no logra disipar la tristeza del chaval.

—Pero yo la quería, Huracán. Estaba enamorado.

—Tú lo que eres es gilipollas, Martín.

Y al escuchar otra vez la afirmación que lleva persiguiéndole toda la vida, el chaval cierra los ojos, en parte para disimular las lágrimas, en parte para intentar olvidar todo lo sucedido en los últimos días.

¿Qué tal? ¿Cómo les va? Espero que estén mejor que al principio de este viaje. En cualquier caso, si este verano no consiguen ser esa otra persona con la que sueñan, no se preocupen, sólo tienen que esperar al año siguiente. Pero es importante que nunca, nunca dejen de soñar con ello. Yo soñé con llegar a ser Robert Smith, el vocalista de los Cure. Y todavía no he perdido la esperanza.

Una banda de músicos ajusta sus instrumentos en el pequeño escenario del Sunset Ashram, un chiringuito de Cala Conta, probablemente la mejor playa de la isla y el mejor lugar para contemplar la puesta de sol. Este rincón del noroeste conforma la imagen idílica de aguas turquesas y soles naranjas. Entre esos músicos destaca Chris Thomson con su nueva vida o, mejor dicho, Johnny Gecko & The Band, tal y como anuncia el cartel en la pizarra del garito y la nueva personalidad adoptada ahora por el cantante. Una camarera le sirve una cerveza a mister Gecko y le estampa un beso en los labios. Un beso corto, pero con la intensidad propia de los recién enamorados. El músico le guiña un ojo, le sonríe y acto seguido le hace una señal al batería. Las baquetas marcan el inicio de *Lovesong* de los Cure.

> *Whenever I'm alone with you*
> *You make me feel like I am home again.*
> *Whenever I'm alone with you*
> *You make me feel like I am whole again.*

Whenever I'm alone with you
You make me feel like I am young again.
Whenever I'm alone with you
You make me feel like I am fun again. *

La limusina que conduce Huracán pasa cerca del escenario y busca un hueco entre los coches que ya hay aparcados frente a un murete que separa el bar y la playa. La puesta de sol ahora ya merece el calificativo de maravillosa.

Unos metros más allá Lukas y Mathias disfrutan de ese momento desde su coche descapotable y en compañía de Klaus y Ralf, mientras la adorable perrita Kylie muerde la tapicería.

La misma estampa contemplativa ofrecen François y Aina, sentados en el capó de la furgoneta cargada de cebollas.

Charly y Rebe miran al horizonte junto a sus hijos y Ronnie, que está más pendiente de la bulldog francesa de los alemanes que del ocaso. Un poco más lejos, José en su Harley y Angie abrazada a su espalda. Charly intuye la presencia de su colega Deivid en el mar, y éste le saluda desde su barquita con un porro en la boca.

Sobre el murete se encuentran Stefano y Sylvana, totalmente acaramelados. Stefano habla en voz baja. Alguien podría decir que reza, pero se equivocaría.

Jeremy y sus chicas, Debbie y Amy, con una cerveza en la mano, también son testigos del espectacular atardecer. La joven no puede evitar sonreír cuando un chico que se en-

---

* Siempre que estoy a solas contigo, / haces que me sienta de nuevo como en casa. / Siempre que estoy a solas contigo, / haces que me sienta completo otra vez. / Siempre que estoy a solas contigo, / me siento joven de nuevo. / Siempre que estoy a solas contigo, / estoy alegre otra vez.

cuentra cerca le sonríe. Es Martín, que desde el asiento del copiloto de la limusina la mira embelesado.

—Creo que me he enamorado, Huracán.

Para no herir los sentimientos del muchacho, el chófer piensa: «Tú eres tonto, chaval», pero no se lo dice.

However far away
I will always love you.
However long I stay
I will always love you.
Whatever words I say
I will always love you,
I will always love you.*

* Por muy lejos que esté, / te amaré siempre. / Por mucho tiempo que me quede, / te amaré siempre. / Todas las palabras que diga. / Te amaré siempre. / Te amaré siempre.